千 里 远 景 ， 如 在 尺 寸 之 间 。

俄罗斯
纯艺术派
诗丛

Яков Петрович Полонский

夜以千万只眼睛观看

波隆斯基诗集

〔俄〕雅科夫·彼得罗维奇·波隆斯基 著

曾思艺　王淑凤 译

中国工人出版社

俄国19世纪纯艺术派诗歌

曾思艺

俄国19世纪纯艺术派诗歌是俄国唯美主义文学的代表。

唯美主义（Эстетизм，一译"艺术至上主义""为艺术而艺术主义"）是19世纪中后期流行于欧美的一种文艺思潮，它主张"为艺术而艺术"，强调超现实、无功利的纯粹美，否定文艺的道德意义和社会教育作用，致力于追求艺术技巧和形式美。俄国唯美主义文学就是在这一大潮中形成并发展的，又称"纯艺术派"（Школа «Чистого искусства» 或 Школа «Искусства для искусства» 或 Школа «Искусства ради искусства»），兴起于19世纪40年代，旺盛于50—70年代，80年代开始衰落，包括文学理论与诗歌创作两个方面。前者是纯艺术理论（Эстетическая критика），由德鲁日宁（Александр Васильевич Дружинин，1824—1864）、鲍特金（Василий Петрович Боткин，1811—1869）、安年科夫（Павел Васильевич Анненков，1812—1887）"三巨头"组成；后者是纯艺术诗歌（Поэзия чистого искусства），由费特（Афанасий Афанасьевич Шеншин-Фет，1820—1892）、迈科夫（Аполлон Николаевич Майков，1821—1897）、波隆斯基（Яков Петрович Полонский，1819—1898）"三驾马车"和丘特切夫（Федор Иванович Тютчев，1803—1873）、阿·康·托尔斯泰（Алексей Константинович Толстой，1817—1875）、谢尔宾纳（Николай Федорович Щербина，1821—1869）、麦伊（Лев Александрович Мей，1822—1866）等组成，而巴拉丁斯基（Евгений Абрамович Баратынский，1800—1844）是其先驱。俄国唯美主义高举"为艺术而艺术"的旗帜，捍卫艺术的独立，强调艺术是崇高和永恒的，与生活中那些"肮脏"的现实和人们所关注的时代问题无关，重视文学的艺术性，极力追求文学的形式美，在艺术形式方面有诸多新的探索，虽不无偏颇之处，但取得了相当突出的艺术成就，推进了俄国文艺理论和诗歌的发展，在19世纪后期的俄国文坛曾经占有令人瞩目的地位，并且对当时占主流地位的别林斯基、车尔尼雪夫斯基、杜勃罗留波夫等的文学理论偏颇有一定的矫正；在20世纪，又对俄国诗歌尤其是现代主义和"静派"（亦译"悄声细语派"）的诗歌以及现代主义与形式主义文论产生了较大的影响。

19世纪俄国唯美主义文学是在19世纪特定的历史文化环境中与革命民主主义理论家和文学家的论战中形成的。当时，一方面整个俄国社会接受西欧思想观念的影响，逐渐走向并慢慢形成尊重个体和人权的民主家庭、公民社会及法制国家[1]，俄国资本主义大大发展，整个社会慢慢形成唯物主义、现实主义、注重实利、崇拜金钱的时代风气；另一方面由于本国的"十二月党人起义"和法国1830和1848年两次革命，沙皇政府又一再实行专制高压政策。面对当时社会现实的政治高压和唯物主义、崇拜金钱、现实主义的盛行，尤其是别林斯基、车尔尼雪夫斯基、杜勃罗留波夫等革命民主主义理论家过分重视文学的政治功用而使之变成政治斗争的工具，涅克拉索夫、谢德林等现实主义作家和民粹派作家过分注重写实，甚至完全把文学变成政治宣传的工具，唯美主义文学作为一种有力的反拨甚至一种矫枉过正的力量和思潮、流派，出现在俄国19世纪中后期的文坛。它的产生，受到

1　详见【俄】米罗诺夫：《俄国社会史——个性、民主家庭、公民社会及法制国家的形成（帝俄时期：十八世纪至二十世纪初）》，上下卷，张广翔等译，山东大学出版社，2006年版。

古希腊罗马哲学、德国古典哲学、西欧唯美主义以及本国茹科夫斯基、普希金乃至别林斯基、斯坦凯维奇、格里高利耶夫等的双重影响。

最能体现俄国唯美主义文学成就的是纯艺术派诗歌。纯艺术派诗歌在艺术上进行了诸多探索，形成了自己的特色，取得了很高的艺术成就。巴拉丁斯基的大多数诗都沉浸在个人的世界里，致力于艺术的新探索与新追求，早期的诗把忧伤和人生的欢乐糅合在一起，致力于描写人的内心矛盾和心理变化过程；晚期接受德国古典哲学和美学的影响，致力于创作哲理诗。因此，他被称为"纯艺术的先驱"。丘特切夫思考人在宇宙中的位置，表现永恒的题材（自然、爱情、人生），挖掘自然和心灵的奥秘，表达了生态意识的先声，并在瞬间的境界、多层次结构及语言（古语词、通感等）方面进行了新探索，形成了显著的特点：深邃的哲理内涵、完整的断片形式、独特的多层次结构、多样的语言方式。费特充分探索了诗歌的音乐潜力，达到了很高成就，被柴可夫斯基称为"诗人音乐家"，其诗歌美的内容主要包括自然、爱情、人生和艺术，这些能体现永恒人性的主题，在艺术上则大胆创新，或情景交融，化景为情；或意象并置，画面组接；或词性活用，通感手法。作为诗人兼画家的迈科夫的诗歌主要包括古希腊罗马风格诗、自然诗、爱情诗，其显著特点是古风色彩——往往回归古希腊罗马，以典雅的古风来表现人与自然的和谐，以及雕塑特性和雅俗结合。曾在梯弗里斯和国外生活多年的波隆斯基的诗歌主要有自然诗、爱情诗、社会诗、哲理诗，其突出的艺术特色是：异域题材，叙事色彩，印象主义特色。阿·康·托尔斯泰的诗歌则包括自然诗、爱情诗、哲理诗、社会诗，他善于学习民歌，把握了民歌既守一定的格律又颇为自由的精髓，以自由的格式创作民间流行的歌谣般的诗歌，并在抒情诗中大量运用象征、否定性比喻、反衬、对比、比拟等民歌常用的艺术手法，因此，他的很多富有民歌风格的抒情诗（70余首）被作曲家谱成曲子。

与法国、英国的唯美主义文学相比，俄国纯艺术派或俄国唯美主义文学的特点表现为：

第一，是在论战中产生的，文学理论的系统性不十分鲜明。法国唯美主义文学通过戈蒂耶、波德莱尔、巴那斯派的阐发和发展，已初具理论体系；英国唯美主义文学通过佩特和王尔德的发展，更是形成了相当完备的理论体系，不仅"为艺术而艺术"，而且，使艺术进而发展成一种人生态度和人生追求；而俄国唯美主义文学理论由于是在论战中产生的，往往针对具体问题展开论述，因此，文学理论的系统性不十分鲜明，而且很少创新。

第二，既注意客观，也不排斥抒情，介于英法唯美主义之间。法国唯美主义诗歌尤其是其代表"巴那斯派"诗歌与自然主义小说一样，受自然科学的影响颇大，强调以客观冷静为创作原则；英国唯美主义诗歌由于重视梦幻、梦想，具有强烈的抒情色彩；俄国的唯美主义诗歌则介于英、法唯美主义之间，既注意客观，也不排斥抒情，无论是巴拉丁斯基、丘特切夫、费特、迈科夫，还是波隆斯基、阿·康·托尔斯泰，他们都对世界尤其是大自然有相当细致的观察，也在其诗歌中颇为客观、细致地描写了大自然的光影声色以及种种运动变化，同时又根据需要，适当抒发自己的感情。如丘特切夫的《秋日黄昏》："秋日黄昏的明丽中，/有一种温柔而神秘的美，/那不祥的光辉，斑斓的树丛，/深红树叶的沙沙慵懒而轻微，/薄雾轻笼的静幽幽碧空/紧罩着冷清清的愁闷大地；/有时会突然吹来阵阵冷风，/仿佛是暴风雨临近的预示，/一切都在衰败都在凋萎，/那温柔的笑容也在凋零，/若在万物之灵身上，我们称之为/神灵的隐秘的苦痛。"前面颇为客观地描写了秋天黄昏时的另一种明媚的景致，较为细腻地写到了斑斓的树木、不祥的光辉、紫红的枯叶、沙沙的声音、薄雾和安详的蓝天，然后，颇带感情地指出这一切都带着一种凄凉而温柔的笑容，并强调说，若是在人身上，我们会看作神灵的心隐秘着的痛苦。又如费特的《傍晚》："明亮的河面上水流淙淙，/幽暗的草地上车铃叮当，/静谧的树林上雷声隆隆，/对面的河岸闪出了亮光。//遥远的地方朦胧一片，/河流弯弯地向西天奔驰，/晚霞燃烧成金色的花边，/又像轻烟一

- 6 -

样四散飘去。//小丘上时而潮湿，时而闷热，/白昼的叹息已融入夜的呼吸——但仿若蓝幽幽、绿莹莹的灯火，/远处电光清晰地闪烁在天际。"这里有颜色：碧水、青草、红霞、金边、蓝光、绿闪，可谓色彩纷呈；这里有声音：水流"淙淙"、车铃"叮当"、雷声"隆隆"，还有白昼的"叹息"和夜的"呼吸"……称得上众声齐发。这一切细致的观察与较为客观的描写，构成傍晚美妙的画面，展示了一个静谧的境界。其中"白昼的叹息已融入夜的呼吸"一句尤为精彩，它以拟人的手法相当简洁而生动、形象地描绘出了昼夜交替时的情景，堪称大师的抒情手笔。

既注意客观，也不排斥抒情，在纯艺术诗歌派诗人的爱情诗中表现得更为突出，尽管他们也往往结合自然，情景交融地表现爱情。如丘特切夫的《我记得那金灿灿的时分》："我记得那金灿灿的时分，/我记得那心爱的地方：/日已黄昏；只有我们两人；/多瑙河在暮色中哗哗喧响。//山岗上有一座古堡的废墟，/闪着白光，面朝着远方；/你亭亭玉立，年轻的仙女，/倚在苔藓茸茸的花岗岩上。//你用一只纤秀的脚掌，/触碰着古老的巨石墙体；/太阳正慢慢慢慢沉降，/告别山岗、古堡和你。//温和的清风轻轻吹过，/柔情地抚弄着你的衣裳，/还把野苹果树上的花朵，/一朵朵吹送到你年轻的肩上。//你纯真无虑地凝望着远方……/阳光渐暗，烟雾弥漫天边；/

白昼熄灭；小河的歌声更加响亮，/热闹了夜色苍茫的两岸。//你满怀无比轻快的欢欣，/度过了幸福快乐的一天时光；/而那白驹过隙的生命之影，/正甜蜜蜜地掠过我们头上。"这首诗把人与自然结合起来，通过回忆的、抒情的调子，客观地向我们展开一幅美丽的图画：在暮色降临的美妙黄昏时分，在宁静宜人的多瑙河边，远方，有古堡在山顶闪着白光，眼前，心上人倚着生满青苔的花岗岩，脚踩塌毁的古老石墙，沐浴着夕阳的红辉，潇洒地眺望远方，一任向晚的轻风悄悄地顽皮地舞弄衣襟，把野生苹果的花朵一一朝肩头吹送。全诗充满着柔情蜜意盈盈溢出的生活细节，弥漫着幸福、和美、愉快的气氛。涅克拉索夫对这首满蕴诗情画意的诗非常赞赏，认为它属于丘特切夫本人，甚至是全俄罗斯最优秀的诗歌之列。但在诗歌的结尾，诗人表现了对人生美好易逝、时光难留的抒情性哲理感慨：幸福的时光已化为幽影从头上飞逝。费特的《柳树》也是如此："让我们坐在这柳树下憩息，/看，树洞四周的树皮，/弯曲成多么奇妙的图案！/而在柳树的清荫里，/一股金色水流如颤动的玻璃，/闪烁成美妙绝伦的奇观！//柔嫩多汁的柳树枝条，/在水面弯曲成弧线道道，/仿如绿莹莹的一泓飞瀑，/细细树叶就像尖尖针脚，/争先恐后，活泼轻俏，/在水面上划出道道纹路。//我以嫉妒的眼睛，/凝视这柳树下的明镜，/捕捉到心中那亲爱的容颜……/你那高傲的眼神柔和如梦……/我浑身战栗，但又欢乐融融，/我看见你也在水里发颤。"一对青年男女，正处在初恋关系微妙的阶段，女方可能对男方一直比较高傲、严肃甚至有点严厉，使之感到不敢亲近，他们在美丽的小河边的柳荫下休息，优美生动的美景，使双方都深深陶醉了，男方更感到惊喜，因为他发现平时像女王一样高傲的女子，居然"高傲的眼神柔和如梦"，而且似乎也激动得浑身颤抖（"我看见你也在水里发颤"）。全诗首先客观地描写柳树和小河的美，然后才抒发抒情主人公"欢乐融融"的激情。迈科夫的《遇雨》在这方面更加突出："还记得吗，没料到会有雷雨，/远离家门，我们骤遭雷雨袭击，/赶忙躲进一片繁茂的云杉树荫，/经历了无穷惊恐，无限欢欣！/雨点和着阳光渐渐沥沥，云杉上苔藓茸茸，/我们站在树下，仿佛置身金丝笼。/周围的地面滚跳着一粒粒珍珠，/串串雨滴晶莹闪亮，颗颗相逐，/滑下云杉的针叶，落到你头上，/又从你的肩头向腰间流淌……/还记得吗，我们的笑声渐渐轻微……/猛然间，我们头顶掠过一阵惊雷——/你吓得紧闭双眼，扑进我怀里……/啊，天赐的甘霖，美妙的黄金雨！"（曾思艺译）全诗先客观地描写外出遇雨以及在林中身处太阳雨中的动人美景，最后因为女方被雷声吓得躲入怀中而激情高呼，从而极其生动、细致、形象地展示了初恋时那种微妙、纯洁的恋爱心理。

第三，具有印象主义特色。法国唯美主义诗歌独具雕塑美；英国唯美主义诗歌具有梦幻美，并且更具感觉主义与快乐主义因素；俄国唯美主义诗歌则多具印象主义色彩。法国唯美主义诗歌注重形式美的创造，具体表现为重视诗歌的色彩美、音乐美，尤其重视的是诗歌的雕塑美。郑克鲁指出："巴那斯派诗人具有敏锐而精细的目光，语言的运用精确简练，善于描画静物，已经开始注意诗歌的色彩、音乐性和雕塑美。"[1] 因此，他们的诗歌独具雕塑美，这在李勒的诗歌、埃雷迪亚的《锦幡集》及邦维尔的诗中表现明显，而在李勒的诗中尤为突出。李勒刻意追求造型艺术的美，他的诗格律严谨，语言精确，色彩鲜明，线条突出，像大理石雕像一样，给人以坚固、结实、静穆的感觉，同时也闪烁着大理石雕像一般的冷静的光辉，如其《正午》和《美洲虎的梦》。英国唯美主义诗歌则具有梦幻美，并且更具感觉主义与快乐主义因素，如罗塞蒂根据自己的画《白日梦》创作的《白日梦》（题画诗）。《白日梦》一画极其成功，是罗塞蒂的代表作之一，被称为具有一种"罗塞蒂式的美"：一位身穿绿色衣服的美丽少妇坐在茂密的大树下，卷发浓密，脖子修长，嘴唇饱满而性感，面容憔悴，神情感伤，右手无力地挽住树枝，左手搭在放于膝间的书本上，掌心有一枝花瓣开

1　郑克鲁：《法国诗歌史》，上海外语教育出版社，1996年版，第176页。

始垂下的鲜花，整个画面弥漫着一股淡淡的忧伤。她那木然发呆的表情，全然忘了那似乎随时都可能滑到地上的膝间的书本和掌心的花朵，说明她正深陷于某种白日梦中（从周围的环境看，这应该是一个午后的花园），画面上浓厚的绿色调、周边缥缈的云雾进一步加强了画面的感染力。诗歌细致地展现了绘画的情景：仲夏时节，荫凉的槭树，画眉欢唱，树林像梦幻一样，画中的女性正独坐着，在做白日梦，在她忘了的书上落下了一朵她忘了的小花，王佐良指出：该诗特别吸引人之处，在于诗中"有一种梦的神秘同女性的吸引力的混合"[1]。俄国唯美主义诗歌则由于大多数诗人往往通过捕捉自然和社会中某个瞬间来表现思想情感，因而多具印象主义色彩。如丘特切夫的《雾气蒙蒙、阴雨绵绵的黄昏》："雾气蒙蒙、阴雨绵绵的黄昏，/听，那不是云雀的歌声？/真是你吗，清晨美好的客人，/在这死气沉沉的薄暮时分？/你灵活、欢快、嘹亮的歌声，/在这死气沉沉的薄暮时分，/就像疯子那可怕的笑声，/深深震撼了我整个灵魂！"全诗抓住黄昏时分听到清晨才能听到的云雀歌声深受感动的瞬间印象，但并未从正面按照传统方法赞美云雀歌声的动听，而是反面着笔，说它"就像疯子那可怕的笑声"，特别突出了薄暮时分死气沉沉的气氛，真实新颖、入木三分

1　王佐良：《英国诗史》，译林出版社，1997年版，第381页。

地写出了在这一气氛中云雀的歌声给自己的心灵所带来的极其强烈的瞬间震撼。这种通过捕捉瞬间来表现思想情感的方法，在俄国唯美主义诗歌中屡见不鲜，使其诗歌极具印象主义特色，最典型的是费特，他的《呢喃的细语，羞怯的呼吸》一诗未用一个动词，而把沉醉于恋爱中一个晚上的时间的流逝，化成一个个主观感受印象的镜头或画面，以跳跃的方式串接起来，就像印象派的点彩画："呢喃的细语，羞怯的呼吸，/夜莺的鸣唱，/朦胧如梦的小溪/轻漾的银光。//夜的柔光，绵绵无尽的/夜的幽暗/魔幻般变幻不定的/可爱的容颜。//弥漫的烟云，紫红的玫瑰，/琥珀的光华，/频频的亲吻，盈盈的热泪，/啊，朝霞，朝霞……"而其《这清晨，这欢欣》更是被称为"印象主义的杰作"："这清晨，这欣喜，/这白昼与光明的伟力，/这湛蓝的天穹，/这鸣声，这列阵，/这鸟群，这飞禽。这流水的喧鸣，//这垂柳，这桦树，/这泪水般的露珠，/这并非嫩叶的绒毛，/这幽谷，这山峰，/这蚊蚋，这蜜蜂，/这嗡鸣，这尖叫，//这明丽的霞幂，/这夜村的呼吸，/这不眠的夜晚，/这幽暗，这床笫的高温，/这笃笃啄木声，这呖呖莺啼声，/这一切——就是春天。"在这里，各种意象纷至沓来，并置成一个个跳动的画面，时间、空间融为一体，无一动词，而读者的感觉却是如行山阴道中，目不暇接。那急管繁弦的节奏，一贯到底的气势，充分展示了春天丰繁多姿、新鲜活泼的种种印象对人的强烈刺激以及诗人在此刺激下所产生的类似"意识流"的鲜活心理感受。"这……"一气从头串联至尾，既形成大度的、频繁的跳跃，又使全诗的意象以排比的方式互相连成一体，既是内在旋律的自然表现，又是从外部对它的加强。本诗的押韵也极有特色（译诗韵脚悉依原作）：每一诗节变韵三次（第一、二句，第三、六句，第四、五句各押一种韵），体现了全诗急促多变的节奏，而第三、六句的韵又把第四、五两句环抱其中，则又在急促之中力破单调，相互衔接，使多变显得有序（试换成一二、三四、五六各押一韵，则过于单调多变）。全诗三节，每节如此押韵，就更是既适应了急管繁弦的节奏，又使诗歌音韵在整体上多变而有规律，形成和谐多变的整体动人韵律，并对应于充满生机与活力、似多变而和谐的大自然的天然韵律，使音韵、形式、内容有机地融合成完美的整体。这首诗充满了光明与欢乐，充分表现了自然万物在春天苏醒时欣欣向荣的生机与活力，格调高昂，意境绚丽，意象繁多而鲜活，画面跳跃又优美，韵律多变却和谐，是俄国乃至世界诗歌中的瑰宝。迈科夫的《春》："淡蓝的，纯洁的 / 雪莲花！ / 紧靠着疏松的 / 最后一片雪花…… // 是最后一滴泪珠 / 告别昔日的忧伤，/ 是对另一种幸福 / 崭新的幻想……"则抓住初春雪莲花开还有雪花的瞬间感触，生动地把这一瞬间过去、现在、未来三者融为一体，既有点感伤又满怀希望的复杂心态很好地表现了出来。波隆斯基的《月光》:"坐在长凳上,在轻轻呢喃的/树叶的透明阴影中,/我听见夜翩然降临,也听见/公鸡在此呼彼应。/繁星在远处闪闪烁烁,/云朵被照耀得光彩熠熠,/魔幻般迷人的月光/颤动着悄悄泻满大地。//生命中最美好的瞬间——/心中充满火热的希望,/恶、善与美/这些宿命的印象;/亲近的一切,遥远的一切,/忧伤和可笑的一切,/心灵里沉睡的一切,/在这一瞬间光华烨烨。//为何对逝去的幸福/现在我丝毫也不惆怅,/为何往昔的欢乐/仿若忧愁一般凄凉,/为何昔日的忧伤/还如此鲜活,如此明亮? ——/这莫名其妙的幸福/这莫名其妙的悲伤!"更是明显地抒写月夜的美景在"生命中最美好的瞬间"触发心灵,产生莫名其妙的幸福与忧伤的复杂情绪。此外,丘特切夫的不少诗也被称为印象主义的艺术描写,他"在使用形容词和动词时,可以把各种不同类型的感觉杂糅在一起",如"诗人对'幽暗'曾使用过各种形容词,说它'恬静''沉睡''悄悄''郁悒''芬芳',可以看出,这里是杂糅许多种感觉的"[1]。

　　第四,理论与创作互动。尽管法国、英国、俄国的唯美主义都是既有理论又有创作,而且差不多理论与创作

---

[1] 【俄】丘特切夫《丘特切夫诗选》,查良铮译,外国文学出版社,1985年版,第199—200页。

都有双向作用——理论从创作实践中归纳出来，进而指导、推动创作，而创作也在提供新的内容丰富、发展理论的同时，既遵从理论又根据实际需要在某些地方突破了理论，但俄国唯美主义文学创作与理论的双向作用更为突出。法国和英国唯美主义的理论更多的是作家兼理论家提出的，他们的理论更多地指向自身创作：往往是先提出理论，然后再在创作中实践并丰富它，戈蒂耶、波德莱尔、佩特、王尔德等莫不如此。巴那斯派只接受了戈蒂耶的"为艺术而艺术"、追求形式美的主张，而自己根据时代思潮，补充、丰富了实证主义、自然主义的科学精神和客观、冷静。罗斯金稍有例外，他的唯美理论来自"拉斐尔前派"的创作实践，又在某种程度对其有一定的影响，但其主要功绩是为遭到舆论围攻的"拉斐尔前派"进行辩护，实际上正如英国学者劳伦斯·宾扬指出的那样："我们不需要关注罗斯金与前拉斐尔派成员的个人关系，只要记住这个运动的起源是完全独立的就足够了。《现代画家》的著名作者所获得的公众效应，在年轻画家早期对抗恶意批评的过程中帮助了他们，就好像是他的个人友谊秘密帮助了他们。但是每一位年轻画家都沿着自己的轨迹前进，很少受到罗斯金评论的影响。"[1]而俄

1　【英】约翰·罗斯金：《前拉斐尔主义》，张翔译，上海人民出版社，2008年版，前言，第1页。

国唯美主义文学理论三巨头的理论一方面维护艺术至上，保护并指导纯艺术诗歌创作，如德鲁日宁的《普希金及其文集的最新版本》和《俄国文学果戈理时期的批评以及我们对它的态度》；另一方面又来自众多纯艺术诗歌，是对众多唯美主义诗人纯艺术诗歌的概括、升华，如鲍特金的《论费特的诗歌》，进而支持、鼓励和指导纯艺术诗歌创作。纯艺术诗歌创作则在为纯艺术理论提供了丰富的材料和肥沃的土壤的同时，又以自己的种种艺术创新，进一步推动了纯艺术理论的发展。

俄国唯美主义诗歌在当时就对同时代人产生了巨大的影响，如丘特切夫的诗歌对屠格涅夫和列夫·托尔斯泰的小说创作乃至画家列维坦的创作，尤其是对涅克拉索夫的诗歌创作有较大影响，而其中最为突出、也最有代表性的是丘特切夫和费特的诗歌对尼基京诗歌创作的影响。

俄国纯艺术论则对俄国现代主义文论、俄国形式主义有较大影响。俄国纯艺术论者和象征主义者都反对俄国现实主义文学传统，都以主张艺术自律自足并以"艺术自律"和唯美主义反对功利主义文艺观，都彰显文学创作中的非理性因素。俄国纯艺术论还具有一种理论先声意义——众所周知，20世纪上半叶西方文艺理论的一个主要趋势就是"向内转"，从先前长期受到青睐的"外部研究"转向以文本为核心的"内部研究"。这种研究范式的转变首先是由20世纪初的俄国形式主义学派发起的，其理论建树为西方文本中心论奠定了基石。作为一个以研究文学文本"自律"为主要任务的文艺学派，俄国形式主义并不只是"西欧各国倾向与之相近的同类文艺学现象的简单移植"，它的产生乃是19世纪俄国"审美主义"文艺思潮发展的必然产物。因为从文化发展逻辑来看，早在19世纪中叶，就有一股极力反对俄国批判现实主义传统，高举"唯美主义"旗帜的文艺思潮悄然而兴，它虽不十分强大，有时甚至显得孤掌难鸣，但又绵延不绝，这就是上面提到的俄国纯艺术诗派和纯艺术论者。也正是从19世纪中叶"纯艺术"论与革命民主主义文论之间爆发了那场"旷日持久的争论"起，俄国文论中的"审美之维"开始沿着一条与批判现实主义传统迥然不同的道路走进现代主义阶段。如果说，"纯艺术"论者在俄国语境中首次将文学批评的视角从"外部"拉回到文学本身，那么随后的象征主义者则将前辈"为艺术而艺术"的文艺观扩展为"审美至上"主义。

19世纪俄国唯美主义诗歌对俄国现代主义诗歌和当代诗歌影响很大，其中丘特切夫和费特的影响更是广泛而深刻，他们对俄国现代主义诗歌的影响表现为：第一，描写两重世界，表现生活的辩证哲理；第二，赞美孤独，宣扬遁入内心；第三，对爱情中两性关系的哲理深化与对异化主题的发展；第四，对语言与思想之关系的思考；

第五，对死亡、黑夜的热爱。而苏联当代诗歌对丘诗和费诗的继承与发展，则主要包括：第一，自然诗的继承与开拓；第二，爱情诗与其他诗的承续与发展；第三，挖掘内心，思考生命的哲理。

19世纪西方唯美主义文学的贡献有三。首先，宣扬"为艺术而艺术"，强调艺术的独立与自足，并以大量的创作实践，使艺术获得了非实用性和无功利性的纯粹独立的本质。唯美主义反对文学有任何功利、实用目的，认为艺术不是一种方法，而是一种目的，与政治和道德没有任何关系，从而第一次明确地将文艺从道德的附属品和社会工具的地位上拉出来，使之具有自己独立的品格，成为独立的人文科学门类。从此，文艺由一种"文以载道"的工具或社会、政治的武器转变为真正的艺术品，出现了现代文艺与传统文艺的根本分界，文艺获得了自身的纯粹性与独立性，这对于现代西方文学乃至整个世界文学意义尤其重大。由于强调文艺不再是一种载道的工具，唯美主义与传统文学所高举的真善美统一的标准分道扬镳，突破了只能歌颂善——这一在不同时代与不同阶级中可以说全然不同——的道德标准，而可以描写生活的一切现象，"这样一来问题就滞留在美学的水平上了——丑也是美，即便是兽性和邪恶也会在迷惑人的审美辉光中发出诱人的光芒"[1]，从丑与恶中也可以发掘出美来，这就大大拓展了美的领域，扩大了艺术表现的范围和能力，并对自然主义、象征主义以及现实主义作家福楼拜等产生了较大影响，为现代文学尤其是现代派文学的发展展示了广阔的前景。同时，这种强调艺术自足、独立的观念，也为20世纪西方文学及美学转向文学本体做了理论准备。其次，特别重视形式美的创造，把思想、形式、美当作同一种东西。唯美主义认为，作品的美不仅仅在于其意义，更在于其形式和美本身。虽然，美的本质因获得意义的支持而更强烈，但意义并非美的本质根源。戈蒂耶声称："我们相信艺术的自主；对我们来说，艺术不是方法，而是目的；凡是不把创造美作为己任的艺术家，在我们看来都不是艺术家；我们从来都不理解将思想和形式相分离……一种美好的形式就是一种美好的思想，因为什么也没有表达的形式会是什么呢？"[2]他把创造形式美放在首位，特别重视创作的质量，在名诗《艺术》中提出"形式愈难驾驭，作品就愈加优美"，把美看作对不成形物质的一种征服，这种征服越是困难，作品的美就越发突出，作品也就越能持久。这

1　【瑞士】荣格：《日神精神与酒神精神》，见荣格：《心理学与文学》，冯川、苏克译，三联书店，1987年版，第237页。

2　郑克鲁：《法国诗歌史》，上海外语教育出版社，1996年版，第171页。

就大大提高了创作的难度，增强了艺术家创作的责任感，进而确立了作家"客观而无动于衷"的创作原则。从此，创作不再是"斗酒诗百篇"式才华横溢的即兴挥洒，而是"意匠惨淡经营中"的呕心沥血，阅读的难度也开始增加，最终引出20世纪"阅读是读者参与再创造的智力活动"的理论。再次，重视艺术活动中感官与知觉的因素。在他们看来："世界既然是个感觉的世界，那么，形式、色彩、感觉就全是使它们为之存在的人获得完美细腻的快乐的手段。艺术家必须把它们变为艺术，不必有丝毫畏葸踌躇，也不必考虑它们是能让政治家心满意足，还是能取悦宗教教士，或是叫店老板开心解颐。"[1]因此，他们特别注意艺术活动中的感官与知觉的因素，尤其是佩特和王尔德在这方面更是功勋卓著。这也为20世纪艾略特等人提出"思想知觉化"（"像闻到玫瑰花的香味一样感知思想"）及现代派文学重视以各种感官与知觉的东西（如通感手法等）开了先河。

俄国唯美主义文学除了具有上述三个特点外，还另有贡献。俄国纯艺术论充分捍卫了艺术的独立性，有力地纠正了车尔尼雪夫斯基、杜勃罗留波夫等革命民主主义者把文学变成政治宣传的工具的偏颇，并且把文学对

1　【英】威廉·冈特：《美的历险》，肖聿译，江苏教育出版社，2005年版，第9—10页。

社会现实问题的过分关注转移到对永恒题材和永恒问题的关注上，更符合时代的长远发展和人性的真实，意义重大。俄国纯艺术诗歌的贡献在俄国文学史上更多，大约表现为：

第一，使大自然在俄国诗歌乃至文学中占据独特地位。纯艺术派诗人在俄国诗歌史，同时也在俄国文学史上，最早使自然作为独特的形象，在文学中占据主要的地位，并使之与哲学结合起来。在此之前，俄国文学中还没有谁如此亲近自然，理解自然，让自然蕴含着深刻的思想与丰富的情感。杰尔查文、卡拉姆津还只是发现俄罗斯自然的美，开始在诗歌中较多地描写。普希金主要把自然当作纯风景来欣赏，其《冬天的早晨》《风景》《雪崩》《高加索》《冬晚》等描写自然的名诗莫不如此。茹科夫斯基虽在自然中作朦胧的幻想与哲理思考，但往往只是触景生情，更未想到过让自然与哲学结合起来。莱蒙托夫的自然与普希金、茹科夫斯基近似。只有在纯艺术派诗人，尤其是丘特切夫、费特、迈科夫等人这里，自然才拥有自己独特的地位，而且，他们与自然的关系也达到了很高的境界："他的生命和大自然浑然一体：/他懂得小溪的淙淙声响，/他明白树叶的绵绵细语，/并感知到小草的拔节生长；/天空的星星之书他一目了然，/大海的波涛也和他倾心交谈。"因此，皮加列夫指出："丘特切夫首先是作为自然的歌手为读者所认识的。这种看法说明，他是让自然形象在创作中占有独特地位的第一个俄国诗人。"[1] 马尔夏克宣称："费特能够聪颖、直接、敏锐地领悟自然界的奥妙"，"费特的抒情诗已进入了俄国的大自然，成为它不可分割的一部分。"[2]

第二，多角度、全方位地描写了爱情，有些还有相当的现代感。纯艺术派诗人由于每人独特的爱情经历，都大量地创作爱情诗，这些爱情诗多角度、全方位地描写了爱情，如费特的爱情诗几乎描写了爱之旅的各个环节，而丘特切夫的爱情诗更是具有相当的现代感，他突破了一般关于爱情的心理表现，而挖掘到某种独特的、深层的、较为现代的感情——从爱情的快乐、幸福中看到不幸、痛苦，从两颗心灵的亲近中看到彼此的敌对："两颗心注定的双双比翼，就和……致命的决斗差不多"（《命数》），并发现在爱情中"有两种力量——两种宿命的力量"，一种是死，一种是人的法庭（《两种力量》）；一种是自杀，另一种是爱情（《孪生子》）；一种是幸福，另一种是绝望（《最后的爱情》）。在这方面，丘特切夫超过了同时代或稍后所有歌颂、表现爱情的诗人、作家，对人性中的爱情心理层次、爱的奥秘、生命的悲剧作了

---

1 *Пигарев К.* Жизнь и творчество Тютчева, М., 1962, c.203.

2 徐稚芳：《俄罗斯诗歌史》，北京大学出版社，1989年版，第289—290页。

更新、更深、更现代、更富哲理的开拓。半个世纪后，英国的劳伦斯才深入这一领域，做出了类似于诗人的探索（主要体现于其著名长篇小说《彩虹》《恋爱中的妇女》等中）。

第三，在俄国诗歌中完善、深化了哲理抒情诗，并较早在俄国文学中探讨了异化问题。纯艺术派诗人把俄国的哲理诗发展为哲理抒情诗，并把独特的形象（自然）、丰富的情感、瞬间的境界乃至深邃的哲理等完美地结合起来，使之达到炉火纯青的艺术境界，奠定了俄国文学中哲理抒情诗的坚实基础。在此之前，波洛茨基、罗蒙诺索夫等创作的是诗味不浓的哲理诗，杰尔查文则创作了不少哲理诗，别林斯基对之评价颇高："在杰尔查文的讽刺的颂诗中，显露出了一个俄罗斯智慧人物的有实际意义的哲理，因此，这些颂诗的主要特质就是人民性。"[1] 但杰尔查文或重在理趣："人们捉住了一只歌声嘹亮的小鸟，/并且用手紧紧地按住它的胸膛，/可怜的小鸟无法歌唱，只能吱吱哀叫，/而他们却喋喋不休地对它说：/'唱吧，小鸟儿，快快歌唱。'"[2] 或与讽刺性结合，具有强烈的政治性，已成政治讽刺诗。当然，杰尔查文

1　易漱泉、王远泽、张铁夫等著《俄国文学史》，湖南文艺出版社，1986年版，第58页。

2　易漱泉、王远泽，张铁夫等著《俄国文学史》，湖南文艺出版社，1986年版，第53页。

的《午宴邀请》等诗已初步具备哲理抒情诗的特点，但毕竟为数甚少。此后，茹科夫斯基、普希金、莱蒙托夫等也写过一些哲理诗，或触景生情，如茹氏之《乡村墓地》《黄昏》，或对某物直表哲理，如普希金的《诗人与群众》《先知》，莱蒙托夫的《沉思》《惶恐地瞻望着未来的一切》。巴拉丁斯基在哀歌中注入理性思索和心理探寻，思考时代与个人、生与死、个人与永恒等哲理问题。迈科夫、波隆斯基、阿·康·托尔斯泰都创作了一些颇为成熟的哲理抒情诗，费特晚年在翻译了叔本华的《作为意志与表象的世界》之后，更是写作了大量的哲理抒情诗，其中不少达到了炉火纯青的境界。而丘特切夫更是把抒情、哲学、自然完美地结合起来，并以瞬间的境界、短小精练的形式，巧妙地表达出来，对人、自然、心灵、生命等本质问题做长期、系统的哲学探索，从而形成一种独特的哲理抒情诗，并且对费特及不少诗人影响很大。因此，陀思妥耶夫斯基称丘特切夫为"俄国第一个哲理诗人，除普希金而外，没有人能和他并列"。值得一提的是，丘特切夫还先率先从异化的高度，深刻、全面地探讨了个性与社会的矛盾，并最早对人类命运之谜进行了颇为现代的探索，既看到社会对个性的压抑、限制、异化甚至扼杀，又看到脱离群众的个人主义的自由、个性的极端解放是虚幻的自由。从而，既富有哲学的深度，又颇具现代色彩。[1]别尔科夫斯基指出，在这方面，他比托尔斯泰和陀思妥耶夫斯基早了四分之一世纪[2]。

第四，一些独特的艺术手法。纯艺术派诗人一些独创的艺术手法，如对喻、象征、多层次结构及通感手法，意象并置、画面组接手法等，都是对俄国诗歌的新的贡献，并且对俄国诗歌和俄国文学的发展产生了颇大的影响。

因此，19世纪俄国唯美主义文学以自己的文学实绩和开拓及其深远的影响，在俄国文学史上占据了一席不可替代、不容忽视的重要地位。

---

1 曾思艺:《丘特切夫诗歌研究》，人民出版社，2012年版，第48—52页。

2 *Берховский Н. Я. Ф.И.Тютчев. // Тютчев Ф.И.стихотворения*, М.—Л., 1962, с.42—44.

目
录

Оглавление

割麦女

吹吧，吹吧，芦笛！……晨星早已匿迹……

瞧，在朦胧的山谷里，走来一群割麦女，

她们的镰刀和大钐刀在月色中闪闪发光；

细细的尘埃在脚下袅袅浮升，

一捆捆沉甸甸的新割麦穗在背篓里窸窣作声，

她们那清脆的声音响彻远方……

她们走来……她们消失……

她们的声音依稀听见……上帝保佑她们！

我嘴边带着问候，专等她来到，

她头上戴着野花编成的花环，手里拿着镰刀，

身上背着沉甸甸金灿灿的麦捆……

吹吧，吹吧，芦笛！……

1841年1月3日

太阳和月亮

深夜，月亮把自己的清光
投进幼儿的小床。
"月光为什么这样亮？"
他胆怯地向我细问端详。

太阳劳累了一整天，
于是上帝对他说：
"躺下，睡吧，紧随你做伴，
一切都将打盹，一切都要睡着。"

于是，太阳向兄弟求援：
"我的兄弟，金色的月亮，
请你点亮灯笼——夜间
绕地球一周巡望。

"谁在那里祈祷，谁在啼哭，
谁在妨碍人们睡觉，
你要把一切探听清楚——
早晨回来向我报告。"

太阳入睡了，月亮起身了，
守卫着地球的宁静。
明天大清早
弟弟就会把哥哥叫醒。

笃——笃——笃！门被敲响。
"太阳，快起床——白嘴鸦已在飞绕，
公鸡早已在喔喔歌唱，
钟声正召唤人们去晨祷。"

太阳起床，开口即问：
"怎么啦，亲爱的，我的兄弟，
上帝是怎样把你引导？
你为何这样苍白？你出了什么事？"

于是，月亮开始叙说自己的情形，
谁在指引自己，又是如何指引。
如果夜晚和平宁静，
太阳就会乐呵呵地东升。

如果正相反——太阳就会陷入浓云密雾，

风儿吹刮，雨儿淅沥沙啦，
保姆不会去花园散步，
孩子们也不能外出玩耍。

1841 年

道　路

荒凉的草原——道路伸向远方，
来自四方的风在田野上吹荡，
雾蒙蒙的远方使我莫名地忧伤，
隐秘的痛苦油然升起在我心上。

无论马儿怎样飞奔——我都觉得它们动作迟缓，
纵目远望，到处都是同样单调的景象——
庄稼后边依旧是庄稼，除了草原还是草原。
"马车夫，为什么你不放声歌唱？"

满脸胡须的马车夫对我回答：
"我们只在忧郁的日子才歌唱。"
"那你又有什么高兴事？""不远处就是我家，
熟悉的竿子在山岗后面轻轻摇晃。"

我看见：前面是一个小村庄，
农舍的屋顶覆盖着干草，
一个个草垛挺立着。——熟悉的草房，
她如今还活着吗？是否安好？

瞧这干草覆盖的院子。在自己家里，
马车夫找到了安逸、问候和晚餐。
而我疲惫不堪——我早就需要休息，
然而没有……马儿已被更换。

"好啦，好啦，马车夫！我的路还漫长——"
潮湿的夜——没有农舍，没有灯光，
马车夫唱起歌来——我的心又充满惆怅，
忧郁的日子，我没有什么歌可唱。

1842 年

在坟墓上 [1]

百年过去，又是百年；湮没无闻的坟墓，
将埋进往昔，长满青草，
铁犁会把它梳平，久已冰冷的骸骨，
也会被繁茂的橡树根须缠绕——
而橡树密簇簇的尖梢却高傲地沙沙喧响；
薄暮时分，恋人们会来静坐休憩，
栖身于橡树浓浓的阴凉，
他们眺望远方，然后低下头来，
凝神细听黑稠稠树叶的喧哗，陷入沉思。

1842年

---

1 曾思艺译。

面　具

　　形形色色、稠人广众的聚会时刻，
　　我无聊的目光漫无目的地掠过，
　　早已被磨人的寂寞弄得万般苦闷，
　　我在圆柱旁遇到一位身穿多米诺大氅的人。

　　她伸出自己的纤纤素手，
　　十分郑重地握住我的手，
　　我的脸上腾炽起一片红晕，
　　可我竟未认出我心爱的人。

　　玫瑰色的丝绸面具下，
　　仿若两颗星星，双眸闪着火花，——
　　凝注在我身上的目光，
　　是爱与责备合成的混双。

　　终于，她轻悄悄地说道：
　　"我早已到处把你寻找"，——
　　她的语声变得颤抖，
　　我发现我心爱的人双手也在颤抖。

哦，为了这天真无邪的爱意，
请不要摘下这个毫无生气的面具，
我害怕，我亲爱的朋友，我爱你，
就在这一刻，我为你心生恐惧。

在形形色色、稠人广众的聚会中，
就让漫不经心的诽谤到处喧喧，
但恶毒的流言蜚语偷听不到
直率真诚的真情宣告。

1842 年

夜的阴影翩翩来游……

夜的阴影翩翩来游，
并且变成了我门前的卫兵！
浓厚的黑暗中她的双眸
大胆地直盯着我的眼睛；
温柔的声音在耳边软语轻言，
她的头发像小蛇一般
颤跳着撩弄我的脸蛋，
花环，已被我粗心的手揉乱。

且慢，黑夜！请用厚厚的黑绸
遮盖这神奇的爱情世界！
你，时间呀，请用衰老的手
让自己的钟表停歇！

但夜的阴影摇晃不休，
向后狂奔着，踉跄不已。
她那垂下的双眸
早已一会儿睁一会儿闭；
在我臂弯中的手早已发麻发僵，

她害羞地把自己的脸蛋

藏进我的胸膛……

啊，太阳，太阳！请等会儿出现！

1842 年

傍　晚

晚霞即将燃尽的火焰，
使天空洒满点点星光，
让灿烂的大海晶莹透亮；
靠近海岸的小路
杂乱的铃铛声已经沉寂，
赶牲口的人那嘹亮的歌声
消散在茂密的森林里，
透明的云雾中
鸣叫的海鸥时隐时现。
紧靠灰色的石岩
白莹莹的泡沫轻轻摇晃，
就像孩子安睡在摇篮。
清凉的露珠
仿若一颗颗珍珠，
悬挂在一片片栗树叶上，
晚霞即将燃尽的火焰，
在每一颗露珠里闪亮。

1843 年

寂　静

窒闷的炎热笼罩着海洋，
天空没有一丝云彩，
凝滞的空气纹丝不动，
波浪不兴，白帆不来。
航海者，请不要怒冲冲地
遥望空荡荡的远方：
请等一等，也许，
暴风雨就在寂静中隐藏！

1843 年

致 N N[1]

是谁带着难以忍受的苦恼，
迫不得已离开
朝思暮想的所爱，
是谁慢慢毁掉
自己的神圣信念，
而且就像幽灵夜间
在自己的废墟上哀号——
就让他骄傲地蔑视，
满腔怒火地否弃，
他有他忧伤的权利，
他为此付出了高昂的代价：
他曾想尽千方万法，
他曾费尽九牛二虎之力，
那就让他们眼含愁郁，
把他倾听，把他注视，
也许，在他那恶毒的话语里，
藏着未来幸福的种子。

---

1 曾思艺译。

而你，只是在梦中感受生活，

还并非全部都了解过，

也没有尝过痛苦的滋味！

难道不是因此，你才喜欢

嘲笑爱情——我们的至宝至圣，

但是自己却不能高举酒杯，

勇敢地把美酒痛饮？

相信吧，孤立于人群，

你很快终究会

与命运和解，年久日深，

在寻常琐事的操劳里，

你那粗豪而傲慢的声音，

将会一去不再地静息。

1843年

冬天的道路 [1]

寒冷的夜昏蒙蒙地凝望，
在我带篷马车的蒲席下，
田野被马车的滑木轧得吱吱作响，
车铃在车轭下叮叮当当，
而马车夫只管向前赶马。

在山岭和森林那边，在云雾之中
　　闪耀出忧郁的月影。
　　在一片浓密如雾的森林中
传来饿狼长长的嚎叫声。
　　我似乎置身于一个奇异的梦境。

我总是觉得：仿佛有长凳一方，
　　一个老婆婆坐在长凳上，
　　半夜前，她一边把纱纺，
一边把我心爱的童话讲，
　　还把摇篮曲哼唱。

1　曾思艺译。

于是，我梦见，我骑着一匹狼，

　　　　行走在林间小径上，

　　　　奋起神勇大战魔王，

在那个国家，公主被囚禁在城堡中央，

　　　　面对坚固的城墙万般忧伤。

那里，花园环绕着玻璃的宫室，

　　　　夜间会有发光的神鸟歌唱，

　　　　并且啄食金灿灿的果实，

那里，活泉和死泉汩汩流溢，——

　　　　你好像不信又似乎相信自己的目光。

然而，依旧是寒冷的夜昏蒙蒙地凝望，

在我带篷马车的蒲席下，

田野被马车的滑木轧得吱吱作响，

车铃在车轭下叮叮当当，

而马车夫只管向前赶马。

　　　　　　　　　　　　1844 年

相　遇[1]

昨天我们重相遇；——她停下脚步——
我也停步——我们凝望着对方的眼睛；
啊，上帝！她竟变得迥异当初；
双颊惨白，眼中的火花再无一星。
我久久凝视着她，默默无语——
可怜的人儿微微一笑，向我伸出手；
我想开言——但她竟以上帝的名义
吩咐我不要开口，并且扭过头去，
皱起眉头，缩回那只手，
说道："别了，再见吧。"
可我却很想说："永别了，
枯萎的，但可爱的女人啊。"

1844 年

1　曾思艺译。

看吧——多么浓密的烟雾……

看吧——多么浓密的烟雾
布满了山谷深处!
在它上空是透明的轻烟,
透过爆竹柳沉寂的昏暗,
暗淡的湖面微波闪闪。
苍白的月亮隐身不见,
藏入满天密集的灰色云朵,
天空中没有月亮的栖留所,
只有磷光闪闪,
显形一切的轮廓。

1844 年

苏格兰山中的深夜

你睡了吗，我的兄弟？
夜已变冷，
寒气森森，
庞大、青黛的
群山峰顶
隐没在
寒冷的银光中。

万籁无声，明月千里，
依稀听见
滚落的石头
轰轰地滑向深渊。
看得出来，遥远
光秃的峭壁上
一只野山羊
在白云下
悠悠向前。

你睡了吗，我的兄弟？

夜半天空的颜色

越来越重，越来越浓，

群星闪烁

越发亮晶晶亮晶晶。

猎户星座的宝剑

在黑暗中

寒光铮铮。

起来吧，兄弟！

从城堡里

清新的风

吹送来又吹送去

无形的诗琴

那轻飘飘的歌声。

起来吧，兄弟！

回音悠长

尖厉刺耳的

铜号角声

在山间三次长鸣，

也三次唤醒

巢里的睡鹰。

1844 年

月　光 [1]

坐在长凳上，在轻轻呢喃的
树叶的透明阴影中，
我听见夜翩然降临，也听见
公鸡在此呼彼应。
繁星在远处闪闪烁烁，
云朵被照耀得光彩熠熠，
魔幻般迷人的月光
颤动着悄悄泻满大地。

生命中最美好的瞬间——
心中充满火热的希望，
恶、善与美
这些宿命的印象；
亲近的一切，遥远的一切，
忧伤和可笑的一切，
心灵里沉睡的一切，
在这一瞬间光华烨烨。

---

1 曾思艺译。

为何对逝去的幸福

现在我丝毫也不惋惜，

为何往昔的欢乐

仿若忧愁一般悲凄，

为何昔日的忧伤

还如此鲜活，如此明亮？——

这莫名其妙的幸福！

这莫名其妙的悲伤！

1844年

透过云杉林多刺的梢端······

透过云杉林多刺的梢端
傍晚的云彩闪耀着金光，
我用船桨扯断
沼泽草与水生花织成的水上密网。

芦苇干枯的叶子沙沙作响，
时而包围我们，时而又让开阻隔，
我们的独木舟向前划行，微微摇荡，
泥泞的两岸间是一条蜿蜒的小河。

在这个晚上，我们终于远远驶离
世俗的无聊、诽谤与仇恨——
你尽可大胆、自由、轻松地讲述自己，
满怀儿童般纯真的信任。

你那先知般的声音蜜样甘甜，
其中颤动着一颗颗隐秘的珠泪，
你凌乱的丧服与淡褐色发辫，
向我展示了你的另一种妩媚。

我的心由于痛苦不禁紧缩，
我望向水底，沼泽草的草根
在水中千万条相互纠缠交错，
就像千万条绿蛇交互缠身。

于是另一个世界闪现于我双目——
并非你生活过的那个美丽世界；
而生活向我展示一种严峻的深度，
但表面却是阳光烨烨。

1844 年

囚　徒

沉甸甸的穹隆把我压迫，
巨大的锁链在我身上当啷作声，
时而清风轻轻吹拂着我，
时而周围的一切使我热血沸腾！
于是，我把头紧贴上墙壁，
好似梦中的病人，在睡觉时，
睁大一双眼睛，我听见——
大雷雨正沿着地面滚滚向前。

窗外吹来一阵风儿，
沙沙翻动一片片荨麻叶子，
浓厚的云彩夹带着雨滴，
飞扑向睡梦中的大地。
天上的繁星不愿
把目光投向我的牢房；
只有一道闪电照进铁窗，
孤独地沿着墙壁闪闪发亮。

这道光线令我欢欣，

恰似飞驰的火炬，
它挣脱乌云……
我于是等待……上帝的霹雳，
把我的镣铐炸烂毁坏，
让所有的门全都彻底敞开，
并把令我绝望的监狱
那些看守打翻在地。

于是，我出来了，再次出来了，
我在茂密的森林里流连忘返，
我在草原的小路上漫游不舍，
我在喧闹的城市中闲游闲逛……
我走在生气勃勃的人群里，
重又充满生机充满激情，
忘却了那锁链带给我的羞耻。

1844 年

召 唤

窗外阴影中闪过一个
　　　淡褐色的小脑袋瓜儿，
你不睡觉，我的烦心人儿，
　　　你不睡觉，调皮的女孩子！

你快出来，迎面奔向我！
　　　带着热吻的渴望，
年轻的心紧贴着心，
　　　我已被情火灼伤。

请你不要害怕，如果星星
　　　过于耀眼地闪亮：
我会为你披一件斗篷，
　　　这样你就不会被发现！

如果看守喊住我们——
　　　你就自称兵士；
如果问你与谁在一起——
　　　你就回答是与兄弟！

女圣徒的监视——

　　　　如同监狱令人心烦；
而严厉的监禁不自觉地
　　教会人狡猾多端！

　　　　　　　　　　　1844年10月

偶 像 [1]

不要有崇拜的偶像，
但只忠于心灵的执念，
我愿把世界所有的善，
全都奉献给自己的偶像。
无言的偶像，庄严的偶像，
就像神灵，朝我闪闪发光，
于是我发誓，心甘情愿
戴着它的镣铐直到死亡。

神思恍惚，惶恐不安，
满脸爬着不幸的悲伤，
我身戴镣铐，一心希望，
天堂不在天上，而在地上。
因此，自由的希望越渺茫，
我们的锁链就越沉重，
从前的希望之光就更吸引目光，
而未来日子的理想也更加光明。

――――――――――
1 曾思艺译。

但是我打碎了傲慢的偶像，
失去光环的偶像轰然倒下来，
而我这曾经十分恭顺的奴隶，
还要无情地踩踏它的残骸。
就这样，没有爱情，没有希望，
也祈求神秘力量的出现，
我把所有的痛苦忧伤，
在心底深深埋葬。

1844年

最后的谈话

夜莺在花园的幽静处歌唱；
池塘那边的灯光已经熄灭；
寂静的夜。——你也许不赞赏
我们两人一起共度清夜？

我本想亲自作别你的罗裳；
可我舍不得离开那张长凳，
你喜欢坐在上面沉醉于幻想，
并倾听那夜莺的歌声。

不要惊慌！无论发生什么事情，
无论我曾多么地爱着，
无论这颗心曾多么疼痛，——
我都不会向你诉说。

我话语激动而凄绝……
还是倾听夜莺的歌声更欣慰，
因为夜莺不会误解，
也不可能感受痛苦的滋味……

可在黑夜中连它也沉默不言，
这幸运儿，它已飞去安歇……
请祝愿我晚安吧，
并祝我与你重见愉悦！

祝愿我看不到黑夜，
祝愿他人在天堂苏醒，
祝愿我能庄重地把你迎接，
嘴里飞出夜莺的歌声！

1845 年

阴　影

云彩在蓝澄澄的天空飘游，
阴影在草地上飞快地奔走，
成群的云影一团团朝我撒网，
远山却沐浴着阳光熠熠闪光，
阳光突然把我照亮——
阴影像飘带沿山岭逃亡。
有时，思想就像这阴影
在人的心里成群地飞涌；
鲜活的思想有时会出乎预测，
温暖、明亮地照亮前额。

1845 年

再见！……哦，是的，再见！
我心如刀割……

再见！……哦，是的，再见！我心如刀割……
我满腔的痛苦悲凄
无法向你言说，
我也无法像奴隶一样缄口不语。

我们不会言不由衷——
我们对什么都不信任，
就是自己那痛苦的心灵
我们也不盲目相信。

在这告别的时刻，
燃起了神圣的火焰，
我们不会轻信地
彼此互赠永恒的誓言。

也许——还有忧伤的希望！——
还有漠然相逢的时刻，
在漫长的生活道路上，

我们会记起这忧伤的告别。

那时，我俩将互相问候一声，
相视微微一笑，
然后重新告别，以便幸福的梦
至死都不会把我们打扰。

1845 年

早　晨

沿着拔地而起的山峰
那高耸入云的峭壁，
从鲜花烂漫的山谷，
云雾漫漫向上升起；

一如轻烟那般，
飘向亲爱的天空，
飘向金光灿灿的云间，
时而卷成一团，
时而缓缓消散。

碧空中的霞光
在波浪上颤动；
太阳熊熊燃烧着，
在东方冉冉上升。

早晨容光焕发，
青春亮丽的早晨……
这就是你吗，

夜间阴沉的天空？

漫漫碧空里，
没有一朵乌云！
关于赖以生存的东西，
丝毫不曾留心。

啊，人类苦难的天才！
从开天辟地以来，
就注定了失败的命运，
却回报大自然以笑逐颜开！

对自然笑逐颜开！
请相信意义的追求！
追求永无止境！
痛苦终有尽头！

1845 年

灯 塔

瞧！大海上空霞光闪耀！悬崖后面，
条条带状的鲜红雾霭时隐时现……
火红的月亮，我深夜的伙伴，
隐入海洋那黑漫漫的深渊。

请原谅！……我在寻找星星，我在寻找它们
曾经的足迹，——沿着晴朗的夜的十字路口，
在点点繁星中我见到那颗美女星在移动，
但很显然，与浓雾的徒劳争斗，
使她的光亮熄灭，浓雾在天空铺展
绵绵阴雨之路，好似黑乎乎的山岭。

再见了，天国之光！视线已迷路。——
岸在何方？——海在何方？——就在东方！……
仿佛荒凉的灯火闪现在昏暗的荒原深处，
浓雾遮不住的灯塔孤零零地闪烁在远方，
就像火的小小眼睛，在远处照亮。

浓雾遮不住的灯塔孤零零地闪烁在远方，

阴沉沉的乌云也对它丝毫无损，

它似乎看到了夜色中，

疾驶的帆船从远方向它靠近。

它亮着——而无形巨浪的忧伤喧腾

把疲惫牵引进我的心。

1845 年

"希望之光" 华尔兹

被称作希望的华尔兹奏响……
声音越来越低，变成凄凉之声；
音乐悄悄地接近心灵，
并高声地对心灵宣扬：

在难以计数的娱乐里，
在瞬息即逝的痛苦中……
你想要那种永恒的激情？
你想要那种永恒的权利？

不要等待那虚妄的幸福！
抖擞精神，伴着这些旋律起舞翩翩，
不要去刺激，而让它们沉睡酣然，
那隐秘伤口的无言苦楚！

当头戴黑色面具的美妞，
在你面前袅袅举足，
并意味深长地伸出
故作温柔的纤纤素手，——

你会头晕目眩，热血沸腾！——
快快抓住这飞逝的瞬间，
并答复那空洞的信念，
用这转瞬即逝的激情！

1845 年

啊，站在我们的阳台
多么美妙……

啊，站在我们的阳台多么美妙，我亲爱的！

看——

下面的湖水波光粼粼，辉映着红霞一片片；

白天鹅悠然自得，栖身在这自由如意的乐园里，

白天鹅离不开乐园，就像你与我不能分离……

尽管你多次向我解释，你的自由如意的天堂，

只是现实世界，而非火热的太阳，也非我年轻

的胸膛！

1845 年

鸟　儿

清新的空气散发着田野的气息……
安恬的寂静中
空中响起
鸟儿响亮动听的歌声。

它有自己的伴侣，
它有自己栖息的夜宫，
在没有刈割过的草地
那露水盈盈的青草丛。

飞向天空，但并非为了天空，
置身大地，也不是为了食粮，
只因生命的关爱充满心胸，
鸟儿快乐地纵情高唱。

面对它，高傲的心灵
情不自禁地忧心如焚，
并且羞愧，有时竟
嫉妒这野生鸟儿的命运！

1845 年（？）

女隐士¹

在一条熟稔的街道上——
　　我记得一栋老房子，
它有着高高的、昏暗的楼梯，
　　还有窗帘紧遮的窗子。
那里的灯光就像小星星，
　　一直亮到半夜才熄，
微风轻轻吹过，
　　窗帘漾起涟漪。
没有谁知道，那里
　　住着一个女隐士，
一股神秘的力量，
　　把我牵引到那里，
于是，这个奇怪的姑娘，
　　在一个难忘的夜里，
脸色苍白，披散着头发，
　　与我相遇。
她反复向我讲述

1　曾思艺译。

一些孩子气十足的话语：
关于未经历过的生活，
　　关于遥远的他邦异域。
她亲吻着我的双唇，
　　像成人一样，激情火炽，
她浑身颤抖地对我耳语：
　　"我俩一块逃出去！
我们将像自由的鸟儿——
　　忘掉这高傲的人世……
我们无须向人告别，
　　我们将永远留在那里……"
她和我热吻频频，
　　泪珠儿静静地流溢，
微风慌乱地吹过，
　　窗帘不安地飘起。

　　　　　　　　　1846 年 7 月 20 日

格鲁吉亚女郎

昨天，在铺着地毯的屋里，

　　　你第一次见到了格鲁吉亚女郎，

她穿着丝绸服装，绣满金银边饰，

　　　透明的薄纱在后背轻扬。

今天，头戴雪白的披纱，可怜的女子，

　　　沿着山间小路轻盈如风地向前，

穿过墙上的豁口，走向小溪，

　　　头上顶着带花纹的高水罐。

但请勿急着紧随她，我疲惫的同伴——

　　　切莫迷恋不切实际的幻影！

海市蜃楼无法消除酷热中折磨人的渴盼，

　　　也不能带来水声潺潺的美梦！

1846 年

鞑靼之歌 [1]
—— 献给 Г . Д . 丹尼列夫斯基 [2]

他站在石塔的墙根，

我记得，他贵重的长衣穿在身；

　　在红色的呢料里面

　　一件浅蓝的衬衫隐约显现……

你们鄙视我吧，但我就是爱他！

　　恶人们，别说送我上法庭！

我不害怕法庭，我也不隐瞒罪行！

　　不要朝我泼脏水！……

　　我早已遍体鳞伤……

墙下生长着金色的石榴，

1　曾思艺译。这首"鞑靼之歌"由已故的阿巴兹-库里-汗（1794—
　　1847，阿塞拜疆诗人，历史学家，哲学家——译者，后同）传给一位
　　波兰诗人拉达-扎博洛茨基（1813—1847）。后者把这首歌翻译成波兰
　　语，但是以散文的形式翻译的。我尽量把它译成俄式诗歌……——诗
　　人原注
2　Г . Д . 丹尼列夫斯基（1829—1890），俄国作家，创作了不少反映俄国
　　历史和乌克兰生活的小说。

任何人都可望而摘不到手；

　　为什么我要吸引

　　一切俊美的男子汉！

但我只想把他藏在深心，

　　我只疼爱他，在黑夜漫漫……

爱如此强烈，我不再需要任何人！

　　不要朝我泼脏水！……

　　我早已遍体鳞伤……

埃里温的高山丘陵，把我们隔阻，

把我们伤害，寒凛凛的冬天，

　　皑皑白雪永远把它盖覆！

　　他们说，在异国他乡，

美艳的格鲁吉亚姑娘，

　　摄人心魂……而在祖邦，

我亲爱的，你是否已把我遗忘？

　　不要朝我泼脏水！……

　　我早已遍体鳞伤……

他们说，坏消息从那里飞向我们。

山那边一场血战正紧；

那里藏着伏兵……

他们说，正规军列兵队伍

已被可恨的叛变彻底消灭……听！

是谁在骑马飞奔……马蹄笃笃……

烟尘滚滚……我颤抖着低声乞求天神……

不要朝我泼脏水！……

我早已遍体鳞伤……

1846年

乞 丐

我熟知一位乞丐：影子一般
从早晨开始，老头整天
在窗户下来回奔波，
并乞求施舍……
然而，到深夜
他就把乞讨到的一切，
分送给病人，残废者和盲人——
这些像他一样的穷人。

当代有一类诗人正是这样，
他们丧失了少年时代的信仰，
像老乞丐一样疲惫不堪，
乞求着精神的食粮。
生活施舍给他的一切东西，
他们都感激地加以珍惜，
于是他们就可以共享灵魂
和另一些像他们一样的可怜人。

1846年12月

当我热恋时……[1]

当我热恋时，
我没有唱歌的欲望，
当世界装不下我的爱时，
我就放声歌唱！

19世纪40年代上半叶

---

[1] 曾思艺译。

鲜　花

徘徊花园，她停步在花坛前，
睁着漫不经心的双眼，
匆匆寻找喜爱的鲜花，
终于找到了喜爱的那枝春光，
　　它还散发着五月的芳香。
半眯着眼睛，慢悠悠地闻着鲜花，
久久地，久久地沉醉在花香里，
　　然后，玩弄着摘下的花枝，
她揪下几片花瓣，
　　无意间把它遗落在小路边。

一个脸色绯红的男孩，
　　一个头发卷曲的男孩，
　　暗中热恋着这淘气的女神，
拾起鲜花，像圣物一样捧在手心。
他用温柔的目光久久地捕捉
她那轻盈如风的欢快身姿，
　　轻轻柔柔地吻着
这出人意料、珍贵无比的花枝。

怀着初次唤醒的这份柔情蜜意，

他战战兢兢地追踪着美丽的女王，

就连她无意中轻轻触及的所有东西，

　都令他思绪联翩，一如那温顺的幻想。

19世纪40年代

塔楼的遗址……

塔楼的遗址，老鹰的巢居，
灰白的悬崖高高耸立，
整个儿俯临海洋深渊上空，
就像一个身负重担走在路上的老翁。

那个塔楼忧郁地久久注目
风在那里呼啸的荒凉峡谷，
塔楼也在倾听——它听清
马儿欢快的嘶鸣和嗒嗒蹄声。

灰白的悬崖朝着深渊凝望，
那里风摇荡追逐着波浪，
悬崖看见，在海浪虚幻的光影中，
战争的俘获物时隐时现，哗哗作声。

19世纪40年代

译自《古兰经》

请告诉那些怯懦，固执而任性，

险恶奸诈以及不服从的人，

用自己的无知糊涂，

如同盲人无法找到我，

他们不能走直路，

而只能用手在黑暗中摸索。

塔楼的门锁无法把他们藏匿，——

阿兹拉伊勒[1]到处都能找到他们；

他不请自来，面色苍白，可怕至极——

用尽全力突袭追魂……

一堵堵石墙猛地战栗，

他们的膝盖发软弯曲。

---

1 伊斯兰教著名天使之一，亦称"麦莱库勒毛特"(Malak al-Mawt)，意
为"死神""司命天使"，其专职使命是奉安拉派遣，掌管死亡，负责
索取人的性命。作为令人生畏的天使之一，他在伊斯兰教义中起着警
告世人的作用：切勿贪恋今生，要时刻想到死亡。为求得后世的永久
幸福，应坚定认主独一的信仰，恪守教规，并多做善功。

先知！请让缺乏信心的人记住，
我将会以诚实的标准
进行审判，而且就在那一天，
火河流淌，——铁链上
他们被紧缚，在火上烧炼，
请提醒他们永远牢记不忘。

19世纪40年代

格鲁吉亚山路 [1]

我看见，我的道路多么艰辛，
我所找的缰绳多么无用！
马儿的胸部绷得紧紧，
太阳暴晒，牛虻狂叮。

而你这向导，敏捷又剽悍，
你不要从上面朝我大喊："跟紧我！"
你依照自幼就已养成的习惯，
身背猎枪飞跑着四处搜索。

我却早已疲惫不堪！
我觉得自然风景枯燥无味——
黏土质的山岩骨瘦架单，
小树林拱门般的林梢低垂！

四周一片荒凉，寂无人行，
那废墟一片片，
全都陷入永恒的梦，

1　曾思艺译。

沉重地倚靠着重重山巅。

它们在沉睡……虔诚的朝圣者也难以
从它们那里等到回答！
故乡一声亲切的问候致意，
未必能让他们怒放心花！

没有吗？向导，
请问，没有传说吗？！
老人用手拉拉小帽，
并且把头摇了几下。

我看见，河水滔滔奔涌，
向下溅起闪闪飞沫，
马儿走进没膝的水中，
艰难地慢慢蹚过小河。

我高兴，如果能消除渴望，
如果能从马上纵身跳下，
在树荫下找到栖身的地方，
静静躺下，睡得像泥巴。

可从马鞍跳下哪里都没地方！

左边——一片片陡直的峭壁，

右边——树林和沉沉黑暗，

亮闪闪的飞沫，和喧哗不已。

我高兴，如果能奔驰如箭！

我高兴，如果能策马飞走！

不行！我的马儿小心翼翼地踏步向前，

用马蹄嗒嗒地试敲着石头。

处处小心处处通行！

我的马儿爱惜自己。

你瞧已从南方刮来狂风，

茫茫荒野喧嚣正急，

远方朋友的语声，

似乎又在响起：

"我的朋友，为何你总记挂

最好的道路？路只有一条……"

好吧，马儿！随意走吧——

在这里我不是你的主导！

1848 年

格鲁吉亚之夜

格鲁吉亚之夜——我沉醉在你的芬芳里！
在凉沁沁的屋檐下我心花怒放，
我躺在软柔柔的地毯上盖着毛茸茸的斗篷，
听不到狗的吠叫，也听不到驴的嘶鸣，
在弦乐忧伤的哀诉中没有任何野性的歌声。
我的主人睡熟了——高挂的铁长柄勺里灯芯已
熄灭。

瞧那月亮！——我多么高兴
我们乡村的油灯已烧尽了芝麻油。
其他的灯燃起来了，我感觉到另一种和谐。
啊，上帝！多么和谐的共鸣！听！多好的一种
鸟——

沼泽地的夜鸟在远处啼鸣——
它的啼声就像长笛，断断续续，清澈纯净，
带着哭腔的啼声——总是一次又一次
重复同一个音调——令人沮丧地轻轻哼哼，
难道它不让我安睡！难道它
要唱得我满心伤悲！我闭上眼睛，
万千思绪纷纷涌现绵绵不断，

仿若从山上奔向峡谷的浪波层层，

但层层浪波随后沿着峡谷奔流，

以便奔到尽头融入无垠的沧溟！

不！到达大海以前

它们在山谷奔流，灌溉葡萄藤

和庄稼——这溪边古老民族的希望。

可你们，我的思绪！——你们飞向永恒，

在飞行中穿透了无数重世界！——你们

请告诉我，在这异乡的土地，

在这被太阳热爱并且被太阳晒枯的土地，

难道你们要枉自肆意驰骋？

1848 年

在伊麦列京 [1]

瓦赫坦戈沙皇 [2] 陈旧的书籍，

撩拨着我的记忆，

我走进英勇女皇的府第，

走进废墟——神秘阴影的栖息地。

霞光早已像大火的反光一抹，

向黑黢黢的崖脊投下火热的光！

霞光，森林和山岩！……哦，塔玛拉 [3]！

你那激情似火的诗人怎能在这里歌唱！

呼吸着，我感到，这里的土地就是坟墓，

而天空就是长眠的沙皇的被子，

同时大自然无处不是造物主的住处，

既不能更漂亮，也不能更华丽。

四周就像上帝的篱笆，

云外的山峰远远地吸引人的视线，

那里听着瀑布的述说，森林睡瘾大发；

1　格鲁吉亚地名，也用作格鲁吉亚少数民族伊麦列京人的民族名。

2　瓦赫坦戈沙皇是格鲁吉亚的沙皇，在历史上有好几位，这里可能指瓦赫坦戈沙皇六世（1675-1737），他是杰出的立法者、学者、批评家、翻译家和诗人。

3　莱蒙托夫著名长诗《恶魔》中的格鲁吉亚少女。

而这里生长着葡萄藤，扁桃花，

还有一片繁茂的常青藤蔓。

哦，在这里生活就是一种爱，分外爽神；

但山里却有一个恶魔在游荡，

它不让任何心灵沉思，

不让贫乏的思想燃起希望。——

隐藏的精神！它到处敲响警钟；

到处高喊：快来这里，快来这里！

这里需要你们打通道路劈开山岩！

这里要拦河建坝！以后要建城市！

任何人不播种，都不会有收获！

可怕的精神！它要让每个俾格米人[1]

都付出奇大无比的劳力！

塔玛拉消失了……罗斯啊！举起了宝剑、铁锹

和斧子，

你是否还有力量

在沙皇的坟墓上发展生活和思想，

以便让大山之灵安神静意！

1848 年

---

1 俾格米人是古希腊人对非洲中部矮人的称呼，在非洲中部热带森林中，生活着一个袖珍民族，其成年人平均身高仅 1.30 米至 1.40 米，后泛指男性平均身高不足 5 英尺的民族。

格鲁吉亚之歌

总是这样，深夜，毛毯裹身，
我酣睡到晨星升起时分，

三个极其美妙的幻影向我飞奔——
我在梦中见到三位奇美无比的美人。

第一个美人双眸晶亮晶亮，
让黑夜中的星星也变得黯然无光。

第二个美人扬起自己的睫毛，
蛇一般的眼睛，机警地远眺。

第三个美人的黑眼睛如此漆黑，
山中的黑夜也从没有如此深黑。

我的梦飞逝在朝霞升起之时，
没有起床，我望着空旷的天际——

我凝望着默默思量：

假如有足够的钱我就建一间房！

我要用高墙把它团团围住，
让三个美人在里面和我同住——

从早到晚我将为她们歌唱不停！
从早到晚我都望着她们的眼睛！

1848年

别等……

我不会到你这里来……别等我！绝非偶然，
晚霞的余晖刚刚隐没，
阿芙拉巴尔[1]那边的唢呐整夜吹响，
澡堂那边萨赞达尔[2]整夜唱歌。

这边暖融融的月光为阳台穿上金衣，
那边葡萄园里的阴影越发深浓，
这边好似黑墩墩的圆柱，白杨挺立，
而那边的远处，篝火跳跃欢腾，——

我要去漫游！听一听
山泉怎样在沉睡的萨拉拉克[3]的雾霭中潺湲，
那里时常传来你响亮的声音，
你的丽恰克[4]也常常在那里闪现。

1　诗人原注：梯弗里斯城市的一部分。
2　诗人原注：歌手名。
3　诗人原注：梯弗里斯的西南部分。
4　诗人原注：格鲁吉亚的一种帽子，往往带有向后撩开的长长面纱。

你是否蒙着披纱站在屋顶，
身披溶溶月色？！……别等我，别等！
夜色太美，使我只想与你一同
度过内心没有自由的这段时境。

乞求或希冀何种爱情，何种奇迹，
连心灵自己——心灵自己都不知道，
却在乞求，却在希冀，
而且是在上苍面前祈祷，

并且感到，你的角落那么炽热，
你没有回应我的祈祷，——
别等！——在如此良宵我漠视诱惑，
在如此良宵我对你的醋意全消。

1849 年

节日后[1]

昨天，靠近废墟，沿着这峡谷，
骑手们策马飞驰，既有篝火熊熊，
更有欢乐的喧哗直到早晨都震动耳鼓——
炮声隆隆，锣鼓咚咚，唢呐齐鸣。

大酒杯从一人手里传到另一人手中，
千百双手一齐在啪啪啪啪鼓掌，
马伊科，当你出场，快乐心灵，愉悦眼睛，
你在羞羞答答的女友中挑选舞伴。

今天依旧是这峡谷，却寂静无人，
满目荒凉，欢庆的炮声早已静默，
狂饮大醉的人早已从沉睡中苏醒，
从山上早已驶下最后一辆双轮马车。

并非所有的事情都被当作节日！
民间欢乐的酒宴已散，仿若梦境……

---

1 曾思艺译。

很久以前我的爱情也曾这样消逝——
美好心灵的激情早已冷却，但热血并未变冷！

就像某些豪放不羁之人，
在节日后喝一口酒就会觉得快乐，
只要妙龄的女舞者马伊科向我投来专注的眼
神，
我就会欣喜若狂，我亲爱的马伊科！

我到底为何踌躇！毕巧，我麻利的马倌！
催马！！她的双轮马车是两头水牛
艰难地拖行。我们要把她追上……
瞧！山风正扬起她那天鹅绒的大红衣袖。

1849年

夜 [1]

我为何爱你，明亮的夜，——
我如此爱你，回肠九转地欣赏你！
我究竟为何爱你，静谧的夜，
你把安宁给了别人，而不是我自己！……

我何曾需要这星星、月亮、天空、云彩，——
它们的光影滑过冰冷的花岗石，
使花朵上的露珠幻化成晶亮的金刚石，
并且就像一条金光大道，越过茫茫大海？
夜啊！——我多么爱你那银灿灿的光亮！
它能使隐藏着泪水的痛苦变成快乐，
它能允诺焦渴的心灵以希望，
解决对重大问题的疑惑。

我何曾需要这朦胧的山岗——树叶睡梦中的簌
簌——
黑沉沉大海永远喧嚣的波浪——

---

1 曾思艺译。

花园幽暗处昆虫的叽叽咕咕——

泉水叮咚出一路和谐的轻歌低唱？

夜啊！——我却多么喜欢你那神秘的喧闹！

它能降低心灵极度的狂热，

它能平息狂乱思想的风暴——

那在黑暗中更炽烈，寂静中更喧闹的一切！

我不知道，我为什么爱你，夜，——

如此爱你，回肠九转地欣赏你！

我不知道，我为什么爱你，夜，——

也许，是因为我的宁静遥遥无期！

1850 年 8 月 30 日

在风暴中颠簸[1]
——献给 M . Л . 米哈伊洛夫[2]

雷声隆隆，狂风呼呼。船儿颠簸，

黑沉沉的大海在汹涌激荡，

狂风撕破了白帆，

在缆索间啪啪直响。

天穹一片阴沉，

我把自己交托给船儿，

在狭小的船舱里打盹……

船儿摇摇晃晃——我进入梦里。

我梦见：奶娘

把我的摇篮轻轻晃推，

---

1 曾思艺译。这是象征主义诗人勃洛克最喜欢的波隆斯基诗歌之一，俄国学者艾亨巴乌姆指出，在诗中"心灵活动已经渗入到了梦境，变成了一种自然的现象存留在回忆之中：风暴摇晃着小舟——像'奶娘摇晃着我的摇篮'。梦——成为情节的心理依据（这在波隆斯基的作品中经常出现）。"

2 米哈伊洛夫（1826—1865），俄国诗人，翻译家，文学批评家。

还轻声歌唱——

　　　"睡吧，宝贝！"

枕头边灯光熠熠，

窗帘上洒满月光……

各种各样的玩具

　　　全都沉入金色梦乡。

我一觉睡醒……发生了什么？

怎么啦？出现了新的风暴？——

"糟透了——桅杆断折，

　　　舵手也被砸倒。"

怎么办？我又能做甚？

我把自己交托给船儿，

重又躺下，重又打盹……

　　　船儿摇摇晃晃——我又进入梦里。

我梦见：我风华正茂，激情盈溢，

我在热恋，梦想翩翩……

一片舒爽的寒气

　　　从清晨起就弥漫了花园。

很快就是深夜——云杉一片青黛……
"亲爱的，我们一起去荡秋千！"
一个声音活泼可爱，
　　在我耳边轻轻呢喃。

我用一只手紧揽
她颇为轻盈的娇躯，
摇摆的秋千板
　　驯顺地荡来荡去……

我一觉睡醒……发生了什么？——
"船舵折断；波浪嗖嗖，
从船头滚滚扫过，
　　卷走了水手！"

怎么办？听其自然吧！
一切听天由命：
假如死亡唤醒了我啊，
　　我不会在这儿睡醒。

　　　　　　1850年9月塔玛尼号轮船上

黑海东岸之夜

听！——枪声——快起来！也许，是袭击……
是否要把哥萨克叫醒？……
也许，是轮船驶进堡垒区里，
带来了对岸亲人的书信。
打开窗户！——伸手不见五指！在这样的晚上
谁能看见翘首等待的驶近的帆儿？
漫天的乌云遮蔽了月亮。——
也许是雷声？——不，不是雷声——想象的游
戏……
我们为什么惊醒，唉，谁能告知周详！
没有回答，只有巨浪哀号着哗哗拍击……

而今，诗人宁静的心灵中，时常
涌现一些无形的形象，
不过，是渴望已久的形象——
一如那黎明前的船帆驶进海港。

1850年塔玛尼号轮船上

- 76 -

莫非我的激情……[1]

莫非我的激情
掀起了一场风暴？
可同风暴抗争
哪能由我主导？

绿油油的花园上空，
风暴迅飞疾驰，
乌云滚滚追从，
撒下冰雹，撒下雨滴。

上帝啊！花儿凋落的玫瑰
那一片片绿叶上，
不正是我的眼泪
像钻石一样闪闪发光？

或者，大自然
也像生活中的心灵，

1　曾思艺译。

有时春风满面，
有时痛苦潮涌。

1850 年

肯·斯·阿·柯-诺依[1]

好似西班牙茨冈舞女主角，
她的目光闪电般灼灼放光；
好似一个活泼的波兰小姐，
她的声音温温柔柔地波漾；
好似年轻人的伤口鲜红如血，
她红扑扑的脸蛋令人迷恋。

有可能不钟情
她双眸的美丽，
有可能无动于衷
于她亲切的话语，
但有她在，不可能
下决心再对别人痴迷！

1851年3月5日

---

1 即索菲娅·安德烈耶夫娜·加加林娜（1822—1908），是普希金、莱蒙托夫的朋友、画家格里戈里·格里戈里耶维奇·加加林（1810—1893）的妻子。

在伊麦列京

里奥尼河的喧哗，森林的阴凉，
常青藤，石榴花，葡萄园，
凉沁沁的山泉，热烘烘的夏天，
还有空气，满溢着芬芳，
四周是树木茂盛的山丘，
山岭上覆盖着皑皑白雪，——
我们是否相识已很久？
我是否要长期留下与你们相偕？

或者像一个十分短暂的梦，
你们在我面前偶然现身——
而我早已被牢牢固定
在无名的路上……抑或命运
注定我必定再次
长久地返回这里——
即便是短短的一时，
我也会永远乐不可支？

可我希望的并非那样——

在大自然母亲的怀抱中

我度过了暗淡的时光，

从事理性的劳动，

就在这里我播种

别样的种子，别样的思想，

我用智慧和心灵

珍爱你，神奇的国邦！

就在人所不知的屋顶下，

走进一位亲爱的老乡——

我在花园的阴凉处迎接他，

用我那心爱的思想；——

我说：请来这里——

看一看，没有痛苦，没有压抑，

神奇的自然和劳动已

多么愉快地融为一体！

1851年5月23日库塔伊西（格鲁吉亚城市）

萨亚特-诺瓦 [1]

大海吞噬了众多细沙，用滚滚波浪将它们卷入
海洋，
却留下这些颗粒状的沙子永久地覆盖着海岸；

一去不复返的时间同样带走了很多的歌曲，
新的歌手崛起了，新的一代迷醉于他们的
歌曲。

假如我长辞人世，我知道，这世界会忘了我的
歌，
但是，对你，我温柔的朋友，不会有别的
歌者。

假如我长辞人世，我知道，这世界不会感到损
失，
而你只要记住你听着它们茁壮成长的那些
歌曲。

1　诗人原注：亚美尼亚百年前一位匿名的歌手。本诗为曾思艺译。

我照亮了你的心，而你，却使我伤心不已，
我教你微笑，而你却让我学会了哭泣。

我高贵的朋友，如果我带着对你狂热的爱，让
歌声停息，
请回答我的最后一个问题：哪里？

哪里将是我冰冷骸骨的安葬之地？在遥远的异
国他乡，
还是在这里，在你的花园，在白杨的绿荫下，
在你的近旁？……

1851年

萨塔尔[1]

萨塔尔！萨塔尔！你嗓音浓重的悲歌——
痛哭一般，这低沉的，哀求的，野性的叫
声——
伴随着查奴里琴声和鼓的嘭嘭起落，
令我撕心裂肺，深入我的灵魂。

我不知道你在唱什么——我语言不通；
从儿时我对音乐的理解就全然不一样；
但你在土房的屋顶整夜歌唱，
整个梯弗里斯都沉默下来——我也凝神细听，
好像生病的兄弟从远处，从东方
通过你向我传送责备或自己的不满。

我不知道你在唱什么——也许是克亚拉姆的歌篇，
爱情使这位歌手内心情火正烈；
也许是你在呼唤复仇——以血还血——
也许你在颂扬伊斯兰带血的利剑——

---

1 梯弗里斯著名波斯歌唱家名字。

那令许多奴隶在它面前瑟瑟颤抖的时光——
我不知道，——但我听到呼喊——我不需要语言！

1851年

当我听到你悦耳动听的
声音……

当我听到你悦耳动听的语声，
孩子，我仿佛感到，偶然吹来的微风
给我带来了故乡山谷的回音，
带来了灌木林的沙沙，村庄熟悉的钟鸣，
你的声音，为我唤醒
和她最后离别时互道珍重的情景。

1851年

芬兰的海岸
—— 献给米·叶·库伯里兹基[1]

森林和海浪 —— 荒凉的海岸，
而海边有一栋简陋的小房子。
森林在喧嚷；苍白的阳光
照进湿漉漉的窗户里。

像饥饿的野兽在嚎叫，
风摇撼着百叶窗。
而房东的女儿一边冷笑，
一边把大门彻底大敞。

我的双眼紧盯着她，
责备道："你在哪里躲藏？
现在你就快快坐下，
编完自己的手链！"

1　米哈依尔·叶戈罗维奇·库伯里兹基（1821—1875），波隆斯基的童年朋友。

用自己的毛呢袖子，

擦拭着小窗子，

她用困倦的柔声，

懒洋洋地细语：

"为什么要编手链？

主人不乐意去城里

赶海路在天亮以前，

卖我辛劳做成的东西！"

"那你说说，你应该没忘，

深夜，老天大发脾气，

从前室偷偷拿走船桨，

你离开我们去了哪里？

海湾上，这个时候，

什么在闪现？不是你的头巾？

为什么你回来的时候，

鞋子那么湿淋淋？"

房东的女儿扭过头来，

冷冰冰地说道：

"怎么不记得！昨夜我把

一条船划到了小岛……

邻居就在岩石上

等我，夜里天气恶劣，——

他在那里需要干柴，

我去给他送上一些，——

暴风雨的夜晚，

那里篝火熊熊，火光明亮，

而为什么燃起篝火？……对此

每个渔夫都可以给您答案……"

我开始感到羞愧，

愁冉冉地低下头去，

这里的人们喜欢互相帮助，

暴风雨使心灵连成一体……

1852年于"格拉莫"船上

- 89 -

书　简

已经是深夜。我给她写信。窗户大敞；
城市的喧嚣已沉寂；蚊子在灯上盘旋。
我起身熄灭灯；踱步向窗外观看：
乌云如此低低地飘浮在屋顶上！
在早晨时分，这些乌云不会留下
任何痕迹——而我那爱情的鲜活幻想，
那沉思之爱的问候，话语和眼泪汪汪，
还没有从笔尖消逝……哦，就是啊！
即便今夜暴风雨飞临，即便大雨
整夜闹闹嚷嚷地喷洒花岗岩，——
但任何风暴都不会将珍藏的信带往天边，
任何雨水都不会冲洗掉这些词句。
她在粗鲁人中度过自己的时光，
在草原的粗鲁人中……他们能否将
我的信原封不动地送到她的手中？
是否会讥笑信中的每一行，
我在信中情不自禁地诉说内心的忧伤，
那是由于强忍被迫的分离而形成。
她本人会说些什么？会当众假装懊恼，

把我的信撕得粉碎，

抑或把它揉皱，然后偷偷地细瞧，

并且回忆着我，带着痛苦的快慰？

贫穷……无知……那些亲人们……还有爱情！

极度的愤恨有时使我热血沸腾！

但你要暂时沉默——沉默，我的情信，

以免她的看守们——

那些以顺从的痛苦为贵的人，

报复她——因为我的愤懑。

1853 年

8

梦呓

昨天在某种半睡半醒的奇异状态中，
　　我的面前出现了你亮丽的面容。
你满怀同情地凝望着我，
　　仿佛从此就天人相隔。

你的声音响起，动听悦耳：
　　"啊，我亲爱的，你不要死！
不要把你的爱，你的追求，
　　一起带进遗忘的河流。

在这轮太阳和这轮月亮下面，
　　你还有很多东西没有体验。
你死了，在寒冷的黑暗中徘徊，——
　　徘徊，完全忘记了我的爱。

把心给我！我会把它保护妥帖，
　　在这个世界上我能做好一切……
我能引导你的双手去劳动，
　　也能把你的苦难加以赞颂。

来我这里吧！在我胸前偎依！

　　你要知道，我是多么爱你！……"

就在这半梦半醒中，听着你的话语，

　　我困惑不解，嘤嘤啜泣……

借助这尘世幸福的鲜活梦魇，

　　你把所有的爱都给了我，

于是我吻着你柔嫩的双手——

　　浑身颤抖着，害怕别绪离愁……

　　　　　　　　　　　　1853 年

春 天

春天回来了，回来了！
我站在窗下迎接新春。
大地的力量苏醒了，
而疲惫的人却睡意昏昏。

夜间的微风枉自
吹来稠李的芬芳；
我坐着埋头工作；心灵在哭泣，
贫穷使我为生存奔忙。

你，爱情——悠闲生活的女友，——
无法与劳动和睦友好……
你含着眼泪跟我分手——
却悄悄地对别人嫣然一笑……

1853 年

茨冈女郎之歌

我的篝火在夜雾中闪亮，
火星四散飞入黑暗……
深夜避开所有人的目光，
我们在桥上互道再见。

夜就要过去——清早
我就要远迁草原，亲爱的，
跟着茨冈同胞，
随着游动篷车。

在这告别时刻，请你把披巾
替我打结系紧：
我俩这些天的相爱相亲，
就像这打结的两端难解难分。

有谁能把我的命运预言？
我的雄鹰，除你之外，
明天有谁能从我的胸前
把你系紧的结扣解开？

假如有另一位姑娘，
爱上我亲爱的情哥，
在你身边放声歌唱，
在你膝上嬉戏，请想想我！

我的篝火在夜雾中闪亮，
火星四散飞入黑暗……
深夜避开所有人的目光，
我们在桥上互道再见。

1853 年

跨着无常的步伐，
生活向前奔去……[1]

跨着无常的步伐，生活向前奔去，
你难道理解它的意图！
抓住某一个瞬间，生活表现自己；
难道这个瞬间会由你做主？
生活耐心十足，习惯了任何考验——
它不知道终点也不急于走向终极目标。
诗人！不要相信它令人忧烦的期望，
只可勉强相信它那快乐的外表。

1853 年

---

1 曾思艺译。

最后的结论 [1]
—— 献给诺瓦西里采夫 [2]

最初年代那些朦胧的憧憬，

还有那我无法言说的一切；

疯狂的青春那鲁莽的激情，

还有令我心永远伤痛的一切；

崇高希望那无法实现的幻想，

还有那我早已司空见惯的现实；

被可笑的怀疑嘲弄的热泪点点，

还有无人听见的内心斗争的呐喊不息；

过去的所有梦想，所有激情，所有愿望，

对这些早已逝去的东西越来越漠然；

一切会聚在一起，组成完整的苦难，

可能在人们心里自己找到答案……

但我等候的不是这，我不要求答案；

人们对我说的一切，我已预先晓得：

"我们也和你一样，都像哈姆雷特，

1　曾思艺译。
2　诺瓦西里采夫（1816—1882），波隆斯基的大学同学和诗友。

你也和我们一样，有点像堂吉诃德。"[1]

1853 年

1　这首诗是对莱蒙托夫《沉思》和屠格涅夫的《堂吉诃德与哈姆雷特》
的呼应。

车　铃 [1]

暴风雪平息了……道路被月光照得通明……
夜以千万只昏暗的眼睛凝望……
车铃声声，催我沉沉入梦！
三套马车的疲惫马儿啊，带我奔向远方！

昏蒙蒙的云烟和冷凄凄的远方
越来越清晰；月亮这白晃晃的幽灵
凝视着我的心灵——把过去的忧伤
　　晕染成淡忘的梦境。

突然我听见——激情盈溢的歌唱，
　　和谐地伴着丁零的铃声：
"啊，什么时候啊，我的爱人才能来到我身旁，
　　静静休息，依偎在我怀中！

"我不是在生活嘛！……当朝霞
映照玻璃窗，照得霜花红光闪亮，

1　曾思艺译。

橡木桌上我的茶炊在沸腾喧哗，
我的炉火噼啪作响，照亮了每一旮旯儿，
　　　和彩色帐子后那张空床！……

"我不是在生活嘛！……深夜打开护窗板，
金色的月光在墙上慢慢游荡，
暴风雪大作——油灯光闪闪，
我已昏昏欲睡，心儿却入梦难，
　　　为了他，时时刻刻痛苦忧伤。"

突然我听见，那个声音又在歌吟，
　　　哀伤地伴着丁零的铃声：
"我旧日的朋友在哪里？……我担心
　　　他会走进来，温柔地把我抱在怀中！

"我过的是什么生活！我的房间狭小，
黑暗，寂寞；风儿吹进了窗户。
只有小窗下生长着一棵樱桃，
可还无法透过玻璃上的霜花看到，
　　　也许，它早已一命呜呼！……

"这是什么生活啊！……五彩帐子已经褪色，

我病歪歪地行走，无法去见亲人，
没有心上人——无人怜爱无人斥责，
男邻居一来，老太婆就一个劲数落，
　　因为同他在一起我实在开心！……"

1854 年

小女孩之死

小女孩脱掉洋娃娃的衣服，
用小布头将它严严遮笼，
而她自己打扮得像个洋娃娃，
昏迷中做着并非儿童的梦。

小女孩从棺材中看不见——
这个阳光灿烂的日子，烛光下，
她的小棺材如此漂亮，
裹着金色锦缎，环绕着簇簇鲜花。

然而，如果能够唤醒她，
她也会忘情地欣赏！
亲爱的朋友，我们会像孩子般哭泣，
把孩子不应有的痛苦遗忘……

1854 年

蜜 蜂

与最后的花朵一起死亡的蜜蜂，
在姐妹们的帮助下，你并非徒劳地用
纯琥珀色的蜂房精心装饰了蜂箱。
整个夏天保护你的那只臂膀，
你用最甜蜜的礼物进贡。

而我，从上帝田地的花卉上采集了果实，
早在黎明前就回到家乡的花园；
可我找到自己的蜂箱时它已倒置……
向日葵繁花盛开过的地方，已是荨麻遍地，
我珍贵的东西没有地方放置……

1855 年

在阿斯帕西娅¹家²

客人

这到底是什么意思——我看见，

　　　今天你把房子装饰得像神殿：

在柱子间高挂着窗帘，

　　　树脂散发着芳香。

齐特拉琴已调好，乌克兰式长袍轻敞；

　　　在洒满阳光的地板旁，

你那忙碌的黑皮肤女仆已梳理好发辫……

　　　盛酒的双耳瓶放在桌上。

可你却面色苍白，似乎已被大家遗忘，

　　　默默无语地站在门边。

1　阿斯帕西娅（前470—前400），古希腊著名的智慧女性，伯利克里的
　　爱人与政治伴侣。
2　曾思艺译。

阿斯帕西娅

我从这里可以看见广场，
　　　　它遮覆着通畅走廊的阴影。
它的喧哗已静息，而且这寂静，
　　　　在中午时分如此怪异，
等候的痛苦又开始折磨心脏，
　　　　爱情，惊慌，欣喜。
我学会了勇敢的雅典娜[1]的沉静，
　　　　伯利克里[2]这样说：
如果他的爱人面色苍白默不作声，
　　　　也就意味着，整座城市都会一片沉默……
听！广场上响起雷鸣般的鼓掌……
　　　　人们在给我的朋友加冕——
然而，集会过完，
　　　　他就会戴着桂冠来到这门边。

1855 年

1　古希腊神话中的智慧女神。
2　伯利克里（约前495—前429），古希腊杰出的政治家，他领导的雅典，
　　民主昌盛，文化繁荣，被称为"伯利克里时代"。

致舍尔古诺娃[1]

什么在等着我——是桂冠，
抑或受苦受难的荆冠？！
无论我的结局是怎样——
我走向生活，准备好把一切承担。
无论我的结局是好是丑——
请祝福我一路安好，
你向我的上帝祈祷，
而我是你那上帝的歌手。

你向我的上帝祈祷，
你既用心意又用行动，
把爱情的祭坛支撑——
你忠于自己爱的信条。
我是你那上帝的歌手，
当我歌唱智慧的自由，

1　曾思艺译。舍尔古诺娃（1832—1901），俄国作家和儿童文学作家。

歌唱大自然本真依旧，

歌唱卓越心灵的潸潸泪流。

1856年3月3日

星　星

在茫茫夜空
遥遥闪烁的繁星中间，
极地的云
像乳白的斑点
游移不定，
浮过天边，
几颗灿烂的新星，
悄然闪现。

你们，迷雾般的思想
就这样静静地疾行，
而无法表达的思想
暗暗请求着心灵，
你们就这样在我们
黑沉沉的坟墓上方，
没有机会闪闪发光，
一如那明亮的星星。

1856 年

我的心……

我的心是一汪清泉，我的歌是浪花滚滚，

    从远处降落，——四散飞洒……

在雷雨下——我的歌，像乌云，黑沉沉，

    黎明时分——我的歌中映着片片红霞。

假如出人意料的爱情火花突然燃起，

    或者心中的痛苦越积越深——

我的眼泪就会与我的歌融为一体，

    浪花就会赶忙带着它们向前飞奔。

1856年

老太婆，到我这儿来吧……

老太婆，到我这儿来吧，
我已等你很久。——
一个茨冈女人来到她面前，
衣衫褴褛，蓬发垢首。
——我告诉你全部实情；
只要让我看看你的手：
小心点，你那亲爱的人
已有欺骗你的图谋……

于是她在空旷的田野里
为自己摘下一朵鲜花，
边扯下每一片白色花瓣，
嘴里边嘟嘟囔囔咿咿呀呀：
爱——不爱——不爱——爱。
完全被揪碎的小花
用清晰又暧昧的语言说"是"，
通过心灵告诉她。

她的嘴角——挂着微笑，

内心——却是眼泪和雷雨。

带着陶醉和忧伤，

他凝望着她的眸子。

她说：你的欺骗

我预料到了——而且我不骗你，

我试图对你满怀恨意，

可是却无能为力。

他就这样一直忧伤地凝望，

但他的脸颊却在发红……

他用双唇吻着她的肩膀，

开口细诉深衷：

——你要提防我！——我知道，

我会使你凋零，

因为我爱你，

疯狂而充满激情！

1856 年

夜莺之爱

在我作为夜莺，在树枝间
飞来飞去的那些日子里，
我喜欢以锐利的目光不时观看，
窗内那只华丽的笼子。

在那小笼里，我记得
曾经住着一只美丽的鸟儿，
她的激情不由自主地吸引她观看什么，
习性强迫她不得不如此。

暗夜中，我泪水盈盈，
怀着幸福美好的幻想，
在幽静的林荫道上歌唱爱情，——
声音颤抖着，如同泪珠流淌。

我甚至嫉妒月亮……
常常羡慕睡梦中的女隐士，
在风中，伴着滚滚流动的芳香，
我发出深情的叹息。

朝霞常常凝神

　　细听我那告别的小夜曲，

在我的幼儿睡醒的时分，

　　她在水晶的浴盆里戏水沐浴。

　　有一次一场雷雨疾驰而过……

　　突然，我看见——窗户敞开，

啊，多么高兴！笼子自己打开了，

　　以便把可怜的鸟儿放出来。

　　我开始呼唤美丽的鸟儿，

　　去阳光下，到绿荫中——

唤她去那舒适的鸟巢里，

　　那里湿润的阴影在四周聚拢。

　　"离开金色的囚牢！

　　请听上帝的声音！"——

我呼喊……但只有天知道，

　　她竟放弃自由，冷漠地在笼中栖身。

　　后来我发现，这可怜的鸟儿

啄食着精选出来的米粒——
然后，唧唧鸣叫——我不知道她的心思——
那么忧伤，那么真挚！

她可是在悲戚
命运捆住了飞翔的翅膀？
或是伤心，春天早早飞逝，
把我的歌声永远带向了远方？

1856年

在船上

寂静。黑漆漆的夜。为了我们不睡着，吹吹口
哨吧！……

昨天的大雷雨还没有停息：

暴风雨掀起的巨浪从晚上就拍击出一片哗啦哗
啦，

　　　　并未把我们摇入梦乡，还在继续摇晃我们
的船只，

在没有月光的黑暗中我们迷失了航向，

打碎的灯已无法照亮罗盘仪。

点火！为了我们不睡着，请吹吹口哨，喊上一
喊！……

昨天的大雷雨还没有停息……

我们的旗子一刻不停不安地飘荡；

我们的船长站在黑暗中，在沉思默想……

霞光！……朋友们，霞光！看，它正照亮——

船长，和我们，还有那一排排黑浪。

有人病痛，疲惫，有人仍旧精神饱满，有人大
声哭喊，

什么被击碎、被毁坏、被折断——

一切都清清楚楚：白日姗姗来临，不幸尽显眼前——

不过——我们没有死亡！……而且大多数被救上……

我们加固桅杆，我们高扬起风帆，

我们用咚咚踏步声惊动无所事事的疏懒——

我们继续前行，并把歌儿齐声高唱：

上帝啊，请祝福我们的明天！

1856年

雾

好大的雾！看不到一丝阳光，也看不到一片云儿！
树木笼罩在浮漫的白烟里；
湿漉漉的原木栅栏
沿着肮脏的街道延伸，混淆视线……
这就是我们这儿秋天的沮丧画面！
不，不管怎么说，这是没有忙碌的忧伤；
大自然的高压使我无法违抗……
难怪——这是古怪念头，忧愁，失眠，
是冷彻心底的梦或激情的欺骗，
抑或是中学生的胆怯，
站在老师面前被问题吓坏的模样。
难怪有时透过浓雾漫漫
让我觉得心灵体验过的一切一片混沌。
啊，你在哪里？在我离弃的地方？
那些日子，我不是靠心灵而是靠幻想生活，
在闲暇时候我爱惜自己以建功立业——
请回答！回来吧，请以朋友的名义慰藉！——
但是——我在北方，而你在阳光灿烂的南方——
我沉重的叹息不能飞到你身旁。

1856 年

克里米亚之夜

你还记得吗，月亮银光闪闪，
海水在礁石下哗哗拍浪，
昏睡的树叶轻轻晃颤，
花园的栅栏后面
蝉在连续不断地鸣唱。

我们漫步在半明半暗的山间花园里，
月桂树散发着芳香；
葡萄架后的山洞黑黢黢，
瀑布下的蓄水池
满溢的水潺潺流淌。

你还记得吗，清新的呼吸，
玫瑰的芬芳，水流的清音，
整个大自然的迷人魅力，
使两双嘴唇不由自主地贴近，
于是就有了出人意料的亲吻。

这是大自然的音乐，

这是心灵的交响,

经受了暴风雨和恶劣天气的肆虐,

在那悲惨的岁月,

这音乐寂静中清晰地在我耳边回荡。

我发现——从南方吹拂来的温暖,

让心灵变得暖暖洋洋,

心灵充满信任,歌兴更酣……

我发现——我多么喜欢

一切之中都有这一乐章……

1857 年

天使的身影带着女王的
庄重飞飘……[1]

她来了，就像夜晚一样美妙。

——拜伦

天使的身影带着女王的庄重飞飘：
黑暗与光明在她身上交融成一个幻象。
我看见那黑油油、羞答答的睫毛，
微微上扬的眉毛，和苍白的脸蛋。
带着高傲的温柔，她默默无语，
如果她开口说话，可以想象，

那将说出多少美妙之事，

那将有多少高雅的新发现，

就连她自己也会不由自主
既忧伤，又滑稽，既难过，又痛苦……

一如诗人那具象化的痛苦，
她带着庄重的谦逊与众人在一起；

1　曾思艺译。

我目送她，没有夸赞的欢呼，

没有问候，也没有求乞……

我十分虔敬地不言不语，

然而……如果她开口说话，

　　　那将讲出多少热烈的话语，

　　　那将倾诉多少内心的苦辣，

　　　就连我自己也突然不由自主

既羞愧，又滑稽，既难过，又痛苦……

1857 年

失　去[1]

当预感到即将分手，
你的声音充满悲愁，
我笑着用自己的双手，
紧紧地温暖你的纤手，
当道路从偏僻的地方，
以明丽的远方把我引诱，
你那隐秘的忧伤，
是我心灵深处骄傲的理由。

面对未曾表白的爱情，
临别时我不禁欢天喜地，
但我的上帝！——我又万般心痛，
当我内心意识到再也见不到你！
你未充分表达的那一片深情，
我因此而无福亲耳聆听，
就像一个个令人痛苦的梦，
折磨我，惊扰我内心的宁静。

1　曾思艺译。

你温存的声音，像遥远的铃声飘忽，

徒劳地浮响在我的耳畔，

仿佛出自深渊，一条隐秘的路

挡住我，不让我去到你跟前，

心啊，你就忘了吧，那惨白的面容，

它在你的记忆中偶尔闪现，

请你在感情贫乏的生活中，

重新寻找从前一样的时光！

1857 年

意大利海岸

我孤独地走在红色的碎石路面,
　　　　走向沉睡的海洋,
远处的山顶浓云团团,
　　　　淡淡烟雾镶嵌在边上。

啊! 远处高山环绕着海洋,
　　　　显得懒懒洋洋!
这是多美的画面:
　　　　橄榄林荫中一群黑山羊!

远处的牧羊人,手拿放羊杆,
　　　　肩背背囊,
倚靠着山岩边缘——
　　　　站在断崖上。

海滨那边,曾经矗立着一座宫殿,
　　　　有着相连的柱廊,
河水女神拍击着它的门槛,
　　　　拱廊下一片喧响。

不久前我在那里做了一个华丽的梦——
　　　　然而……我是否总是
为了这些梦忘记了你痛苦的呻吟声，
　　　　啊，意大利！

被你的哭泣震撼
　　　　我走向沉睡的海洋，
远处的山顶浓云团团，
　　　　淡淡烟雾镶嵌在边上。

那边，在浅蓝色的云雾怀抱，
　　　　淡白的影子成群地升高，
那不是影子在升高——而是铜炮，
　　　　随海浪在起伏漂浮。

船舶上的旗帜在远处藏藏躲躲，
　　　　好像一片薄雾，
那里，你的命运伴着导火索，
　　　　让人看不清楚……

　　　　　　　　　　　1858 年

寒夜（幻想曲）[1]
—— 献给施塔肯施耐德[2]

那边，在南方的月桂树下面，
我是贫穷的漂泊者，
只能把夜晚当作自己的女伴，
这南方威严的女儿。

身披亮灿灿的紫红晚霞衣裳，
她翩翩向我走来，
一路点燃神圣的祭坛火焰，
在那广阔无垠的天海。

上帝啊！她能轻轻松松
医治心灵的创伤，
她在海面歌唱多么动听，
她善于激发人的灵感！

---

1 曾思艺译。
2 玛利亚·费多罗夫娜·施塔肯施耐德（1811—1892），1850—1860 年代彼得堡文学沙龙的女主人。

可是，唉！命运却迫使我
不得不去到北方，
我对夜这女伴说：
"别了，最心爱的姑娘！"

而她，实在不愿，
也无法跟我分手——
她翻越崇山峻岭，泪光闪闪，
悄悄跟在我的身后。

时而，她走进山谷中
陶醉得前额闪闪发光，
并若有所思地暂停
在我那草原篝火的上方；

时而，她又和我一起，
露宿在河边的干草垛旁，
让早已收割的草地，
散发淡淡的芳香。

可是当我愈行愈向北方，

越过草原，穿过森林，
南方的夜美人，
却不知不觉变冷。

时而，她披上雾的衣裳，
让月亮隐身如指环；
时而，她又把一身寒霜，
熠熠抖落在我的脸上。

我在北方走得越远，
她就越急如星火地追赶，
早早地赶跑白天，
她自己却走得更晚。

她又是哀求，又是呻吟，
浑身颤抖，我对她开口：
"在北方，你再不能
成为我的女友！"

于是，灼灼一闪，
暗淡了，蓝夜的眼睛，
她溢出的泪珠点点，

在睫毛上凝成一片晶莹。

于是，她走了，挥动
自己那白色的衣袖，
卷起一股股雪的旋风，
哀号着飞向重霄九。

冲过暴风雪一路向北，
我终于回到了家乡……
我看见，夜就在山谷安歇，
盖着银灿灿的锦缎……

她无声地对我细语：
"看看吧，我多么死气沉沉！
眼已暗淡，心已荒寂，
大脑正在变冷。

"可是你看，在我头上，
依旧是那些灼灼的星辉……
我亲爱的，你就欣赏欣赏
我这死气沉沉的美。

"并且相信，如果
你再次回到南方，
我会恢复昔日的光泽，
我的朋友，为了迎接你的回还。

"我会俯身在你的身前，
满怀昔日的激情似火，
透过梦境，在你耳边，
为你唱一曲美妙的歌……"

1858年

索伦托¹之夜

迷人的仙境！索伦托已入梦——
思绪漫飘——心儿在倾听——
塔索的灵魂开始歌唱。
月亮银光闪闪，大海声声召唤，
夜把自己银光灿灿的网
随着海浪拉向远方。

海浪慢慢滑游，拱门下水声潺潺，
渔夫把自己的火把点燃，
沿着海岸边向前直航。
女主角，那不是你的歌声
从高高的阳台飘飞到大海上空，
悠扬婉转，慢慢散入海风？——午夜钟声
敲响。

---

1 一译苏莲托，是意大利南部城镇，位于索伦托半岛北岸，濒临那不
勒斯湾，城市建筑于海滨的峭壁上，四周环绕着橘子、柠檬、油橄
榄与桑树，景色绮丽。索伦托是意大利文艺复兴时期著名诗人塔索
（1544—1595）的故乡。

出卖良心的闹钟，

冰冷铜件拖长的撞击声，

你不会唤醒任何人！

这里只有愚昧无知，

人们聆听一切，对一切坚信不疑，

但什么都是一团混沌。

可歌剧女主角，为什么你的歌声

由于午夜叮当的钟鸣

而突然中断顿时暗哑？

我的夫人，你在等候谁呢？

哦！你不正是塔索歌唱的

埃列奥诺娃！

是谁吸着雪茄穿过黑暗，

走到弹奏吉他的你身边？

为什么你挥挥手，又唱

——靠着栏杆，

低下头，垂着发卷——

"啊，我的偶像！"

激动与热情拥抱着我，

我感到，意大利热情似火，

的确是言之有理。

月亮银光闪闪——大海悄然入梦——

思绪漫飘——心儿在倾听——

塔索的灵魂在为爱情哭泣。

1859 年

奇维塔-韦基亚 [1]

在营房般寂寞的大海上，
　　一座比冷酷的大海更阴森的要塞拔地而
起……
分别前，我在可爱的脸庞
　　寻找是否有某种新东西出现在心里。

我久久观看，小船在海面颠簸——
　　你从容离去——我留在甲板，
你并未为我留下什么，
　　除了情不自禁的徒劳抱怨。

我重又飞奔向喧嚣的大海，
　　新的码头在把我这漂泊者等候；
只是为了你，我满心悲哀，
　　就像流亡者失去了家乡的码头。

1859 年

1　意大利中部沿海城镇，首都罗马的主要港口，历史悠久，有米开朗琪
　罗等大师16世纪初的建筑艺术杰作，是著名的旅游地。

船儿迎面驶入夜幕……

船儿迎面驶入夜幕……
我躺在甲板上，头上未戴帽子；
忧伤地用惺忪的双眼凝望星星的国度；
仿佛在那个神秘寂静的国度里，
普勒伊阿德斯[1]在为我的前额编织花环，
　　并且把长明灯点燃，
还允诺我永恒的安谧。

可是——海洋上吹刮来一阵寒风；
天穹的星光被浓雾遮蒙。
　　我蒙着头俯卧甲板，
模糊的幻想中我感到：在我下面的海中，
女河神[2]笑着潜入深渊般的黑暗，
　　在黑暗的底部扒开墓棺——
并允诺我忘却的宁静。

1859年

---

1 普勒伊阿德斯是希腊神话中阿特拉斯和普勒伊俄涅的七个女儿，后来
　化作七星——昴星团。
2 原文是那伊阿达，是希腊神话中的女河神。

- 136 -

另一个冬天

我记得，像孩子一样面颊通红，
我和你奔跑在酥脆的白雪上——
善良的冬天用毛茸茸的手抚摸着我们，
并用手杖将我们赶到篝火旁；
深夜中你的眼睛光彩熠熠，
我隔着炉火看见了你眼中的火花，
而老保姆给我们讲故事，
讲世上曾经有一个小傻瓜。

然而那个冬天带着五月的微笑离开了我们，
等夏天的炎热退却——于是又听到了
秋季暴风的怒号，另一个冬天朝我们走近，
冷酷的冬天——用手杖进行威吓。

可老保姆早已死亡——
睡在棺材里，再也看不见，
疲倦的你依偎在我胸前，
就像在细听我尽诉衷肠。
而今夜，就像老保姆那时，

在童真的爱抚中，炽热的心燃起火花，

在你的耳边给你讲故事，

讲世上曾经有一个小傻瓜。

1859年

歌

走出围墙，

呼吸凉爽。

忧伤请求夜景，

忧伤带走梦境……

只有心儿在狂想：

仿佛亲爱的人正来探访，

驰过草原茫茫，

一路车铃叮当……

你在哪里，我亲爱的朋友，

你呀，我那远方的朋友？

黑夜散发着清新——

柳树徐拂低吟，

摇曳出一片战栗。

夜莺悲啼。

流尽吧，眼泪！

飞走吧，梦魅！

广阔的河对面

传来铃声悠远……

你在哪里，我亲爱的朋友，
你呀，我那远方的朋友？

朝霞浮现——
霞光闪闪。
我穿过树丛，走向河谷……
我用清泉
濯洗脸蛋……
在高高的山尖
一座小屋清晰可见……
你在哪里，我亲爱的朋友，
你呀，我那远方的朋友？

1859年

山间两朵阴沉的乌云……

山间两朵阴沉的乌云
在炎热的夜晚漫游，
午夜前慢慢爬进
滚烫山岩的胸口。

猛然相遇——相互争先
把礼物送给那块岩石，
撞击出耀眼的闪电，
使荒漠到处电光熠熠。

雷声轰鸣——湿漉漉的密林里
回声刺耳地哄笑，
而岩石满怀忧郁
发出拖得长长的哼号。

岩石如此一声长叹，
使乌云不敢再次撞击，
于是就在滚烫的岩石边
躺下并呆若木鸡……

1859 年

日内瓦湖上……

日内瓦湖上

一条小船在悠悠荡荡，

一位旅行者坐在船上，

吃力地划动船桨。

在富饶的两岸，

他看见许多住房，

在浓浓绿荫间

隐隐藏藏。

他看见——小窗下

蓝蓝的湖水旁

葡萄园里

火红的罂粟花绽放。

他看见——小屋后，

披着经年的尘埃，

灰色的钟楼

高耸着塔尖。

塔尖后面——白雪覆盖下

太古以来的永恒山峰，

淹没于云霞。

于是对故乡的思念，

使他那骚动不宁的心灵，

深深沉入

挥之不去的梦中——

他的家乡

没有湖，也没有山，

他的家乡

只有草原和辽阔的空间，

这种辽阔

让你无处匿踪，

思想随风飞奔，

却无法追上风。

19世纪50年代

最初的脚步

为什么我要离开山谷中可爱的家园，
离开小溪潺潺环绕的嫩绿树林？
"不要泄气，我的儿子！转过山岩嶙峋，
就是一条宽广笔直的道路摆在我们面前。"
父亲，父亲！让我回家吧！
这里让我感到害怕……有一种古怪的喧哗……
"那是山后的大海预感到我们的到来而喧歌，
用希望召唤我们去远方，却又用暴风雨来恐吓。

我们走吧。"心中充满莫名的惊恐……
大海——永恒之水，一望无际！
它召唤着我，波涛汹涌，美妙神奇……
在被礁岩击退的波涛愤怒的拍击声中，
我听到了一种声音，它威严无比，
操控着我们，于是我抖抖簌簌
登上了船，像一个胆怯的孩子，
迈出了顺从的脚步……

19 世纪 50 年代

海　鸥[1]

帆船已经起航，

它离别了故乡的港湾，奔向海的远方，

暴风雨追上它，把它猛抛向礁岩。

它面对面一个个搏击礁岩，

那被永恒的浪潮击穿的礁岩，

白胸的海鸥飞翔并呻唤在它上面。

它的碎片随着暴风雨漂向远方；

——海鸥站立在波浪上，——

这一波浪轻轻摇晃它，随即把它交给另一
波浪。

瞧——它展开双翅又飞离了

飞溅的浪花——它比骤风更快地迅跑，

落入了黄昏阴影的怀抱。

1　曾思艺译。屠格涅夫认为："我不知道还有哪首俄语诗歌能像《海鸥》
一样，把温暖的感觉和忧郁的情绪运用得如此协调一致。"

我的幸福，你就是那帆船：

生活的海洋用狂暴的波浪把你席卷；

如果你毁灭，我将像海鸥呻唤在你上面。

就让暴风雨带走你的碎片！

只要浪花还在闪着白光，

在飞入黑夜之前，我愿让波浪把我摇荡。

1860年

无论是我还是你先离开
这个世界进入永恒……[1]

无论是我还是你先离开这个世界进入永恒，

请你事先告诉我，然后再走进坟墓里，

向上天通报红尘中曾经的激情，

在没有肉体的国度这激情不可思议！

我们两人用自己的故事惊倒上天，

我们讲述这险恶的人世，那里我的兄弟在讨饭，

那里金钱使人疯狂，引发仇恨，

那里公开的谎言向所有人展示低劣的伪善，

那里软弱的善良等待着人们的怜悯，

而真理是如此可怕，以致心灵毫不买账，

那里我满怀仇恨，痛苦地战斗，

那里，你心中有爱，却疲惫又痛苦；

然而——请你说，我不曾诅咒，

而我要说，你曾经祝福！……

1860 年

---

1 曾思艺译。

失去理智的悲伤[1]

（纪念叶莲娜·波隆斯卡娅[2]）

我的朋友，当我紧紧抓住，

棺木的把手，把你送进坟墓——

我想：我们两人都已死去——

仿佛失去理智，但我没有放声大哭。

我觉得似乎有两口棺材：

一口是你的，它小而舒适，

而我笨拙而无用地小心翼翼，

把它放进湿漉漉的泥土里；

另一口是我的，它比较宽绰，

蓝和绿在我四周竞艳斗彩，

与之配合的太阳圆盘金光灼灼，

恰似华丽的镀金的金属号牌。

当你的棺材被盖上泥土，慢慢消失，

唉！我的棺材却还在嘲弄地闪耀，

被你遗弃的我茫然环视，

---

1 曾思艺译。

2 波隆斯基的第一个妻子（1840—1860），他们于1858年结婚。

我灵魂的灵魂啊！我模糊地意识到，

在我那华美的巨型棺材里，

忘怀一切是多么难——彻底死亡

    直到把这失去的爱情之幸福忘记，

还要忘记自己的渺小，和对永生的渴望。

我极力醒来，猝然一振，

起身，拆毁我那永久的棺木——

    如同扯下白色的殓衣，掀开坟茔，

驱散满天星星，踏着太阳照射的泥土，

沿着墓地向你奔去，

墓地覆盖着星星的碎片；

你所在的地方，那里

    没有锁在坟墓尘埃里的记忆。

1860 年

不久前你走出黑夜……

不久前你走出黑夜，

不久前你迈步向后退却，

于是你看到了一切，你听到了一切，——

于是你不合时宜地理解了一切……

停住！不久以前

疯子啊，难道你没有发现，

你熄灭了最后一朵火焰，

也揉碎了最后的片片花瓣！……

19世纪60年代初

我正在阅读一本歌集……

我正在阅读一本歌集，
"爱的天堂——蛇的爱情"——
无论什么都是一头雾水——
只好重又开始习诵。

奇迹出现！带着不由自主的恐惧
忧愁偷偷潜入心里……
似乎有一只僵硬的手
遮住了歌集——

似乎有一个阴影垂落肩旁，
在静寂中啜泣，
轻轻地叹息，
并妨碍我的呼吸。

似乎有一双眼睛
泪水盈盈，毫无生气，
想和我一起
阅读这本歌集。

1861年3月1日

说实话，先生们，
我早已忘记……

说实话，先生们，我早已忘记，
当夜莺在黑暗中的某个地方歌唱时，
红艳艳的玫瑰在想什么，
我甚至都不知道夜莺是否在为玫瑰唱歌。
但我知道俄罗斯农夫在想什么，
他们早已完全放弃了思索……
他们虽被善良的沙皇解放，
却看见四周鞭子抽身处处响。
于是他们想："难怪要把我们抽打，
因为我们想活得自由潇洒……"

说实话，我早已忘记——我不晓得
夜空中的星星在交谈什么，
田野的鲜花在正午的酷热中
是否真的渴望畅饮露水大醉酩酊，
但我知道，穷人为什么泪流满面，
当他锁上灰尘遍布的顶间，
他躺着，闷闷不乐，为此而愤恨：

自己甚至无法爱任何人，

他恼恨星星——它们在天空凝望，

一如人们凝望——却一点忙也不帮。

我向你们承认——我无法知晓，

当草地上冷雾开始漫飘，

太阳升起却无法光照山河，

鸟儿在想什么。

但我知道——哦，我知道，诗人在想什么，

当太阳光为他而悄悄隐没。

"须知我是农奴制书刊检查机关的仆欧[1]"，

他这样想着——而且用冰冷的手

扣住自己的头，并悄悄歌吟，

当书刊检查机关抽打他的缪斯诗神。

说实话，我不知道，狗儿在想什么，

当鸟儿们在厩肥里把燕麦偷择，

当猫儿摇着毛茸茸的尾巴，

我不知道老鼠在怎么想它，

但我知道，沙皇的仆人们在想什么，

1　仆欧是英语boy的音译，意为：侍者，仆役。

最亲密的仆人们！满怀忠心似火，

他们日日夜夜恳求君主的力量，

希望它帮助他们激昂民众：

上帝呀！但愿我们哪怕有一次说服沙皇，

没有我们沙皇的宝座就不会安宁；

要知道如此愚蠢可鄙的民众：

无论你怎么激发他们——却一点都不管用。

1861年3月20日

当你的爱已成为我的良友……

当你的爱已成为我的良友，
　　啊，也许，在你火热的拥抱中，
　　我甚至都已无法将恶诅咒，
　　　　我也不听任何咒骂怨憎！——
但我独自一人——独自一人，我注定倾听
　　镣铐的叮当——世代的呐喊——
独自一人——我既无法为自己祈求好运，
　　也不能听那感恩的赞美一片！——
一会是喜庆的欢嚷……一会是丧钟的报悲，——
怀疑中产生的一切，只会把我带入怀疑——
抑或，我将被兄弟们视为异己，判定有罪，
　　因为我在他们中间走过，就像悄无声息的
影子！
抑或，我被兄弟们视为异己，没有歌声，没有
希冀，
带着我那回忆的巨大悲痛，
我将成为愚昧无知者的受难工具，
　　他们以腐朽的陋习为支撑。

　　　　　　　　　　　　　　　　1861 年

同貌人

我行走着，没有听到夜莺歌唱，

也没有看见星星闪烁，

我只听到脚步声响——却不知是谁的脚步声响，

在我身后的密林深处一再模糊地起落。

我想这是回声，野兽的脚步声，芦苇的沙沙声；

我哆嗦着停下脚步，不愿相信，

不是人，不是野兽，而是我的同貌人，

在循着我的足迹一步不落地前行。

我时而胆怯地东张西望，试图逃之大吉，

时而羞愧于自己像个孩子……

突然恼恨抓住了我——于是剧烈地急喘吁吁，

我迎面走近他，并且开口问其：

"你是要向我预言什么还是因为什么吓唬我？

你是幻影还是病态想象的幻觉？"

"啊，"同貌人回答，"你妨碍我

观看，并且不让我倾听夜的和谐；

你想用自己的怀疑毒害我，

而我——是你诗歌的鲜活源泉！……"

我的同貌人狼狈不堪，

惊慌失措地注视着我，
似乎不是他幽灵般来到我面前——
而是我在暗夜里突然把他造访。

1862 年

白　夜

烟雾漫延到远方，吹来一片凉爽。

没有阴影，没有灯火，淡白的涅瓦河上空，

白夜降临——只有圆形拱柱之上

白色宫殿的金色圆顶，

像神灯前的死者花环，

在寒冷又静谧的高空闪闪发光。

请告诉我，幸福和快乐在哪里？

请告诉我，我可怜的朋友，是什么让你怒火万

丈？

瞧——一座黑色纪念碑在花岗岩上矗立……

或者是你压抑的思想

在毒刺中寻找生机，

一如青铜骑士下方

这条铜蛇，被他飞奔的坐骑

用马蹄踏住，暗怀一线希望。

1862年

吻

我抛撒了理智、心灵和记忆，
难怪此时我这样热烈地吻你——

　　我吻你为的是，在你面前
　　我曾隐藏我的激情，小心翼翼，默默无
言，

　　也为的是，没有火花，你却使我熊熊燃
烧，

　　你曾久久折磨我，并在那里大笑，
　　更为的是，那曾经是我盾牌的爱情，
　　已被扼杀，正在十字架下的坟墓里大梦沉
沉，
在我心中为这些燃起的一切火花，
亲爱的，就让它们在你的怀抱中熄灭吧。

1863 年

老　鹰

我又眼睛一眨不眨地凝望太阳的光辉，
我看见了远处几只幼鹰正在嬉戏——
我用恋恋不舍的目光伴送它们起飞，
　　　并且很想知道——它们飞向哪里……
但我开始变得笨重——走向衰老——不无忧伤。
我独自坐在急流旁，
在被捣毁的鸟巢外，
偶然间忘记了时光，
它们的翅膀和自由的叫声汇成遥远的声响：
　　　"到这儿来，到这儿来！老头，到这儿
来！"
我张开颤抖的双翅，
试图使足劲飞翔，
　　　唉！徒劳的努力！
我只是张开翅膀把石头上的尘土扫光——
于是，我疲倦地合拢双眼，睡意渐浓，
并等待，山上的红日慢慢昏冥，
在我后面出现盘旋的黑影，
　　　那是我心爱的雌鹰……

　　　　　　　　　　　　　　　1863 年

你温雅的外表蕴藏着……

你温雅的外表蕴藏着
强烈意志的巨大力量，
没有斗争，也没有苦厄，
可你对命运寸步不让。

你用劳动或者疾病，
换来了幸福的瞬间；
但面对社会的法庭，
你并未低垂下双眼。

整个世界由你评判——
它不能给你提供法规；
神圣的真理——是你的法典，
神圣的自尊——是你的防卫。

即便诗人那灵性的诗琴，
在你这里也找不到回应，
被你拒绝的诗人，
也会迎接你并把你引领。

被讥笑的爱情歌手，
不会嘲笑你的激情——
他会回应你所有的唤求，
回应你所有的苦痛。

1863 年

题 K. Ш 的纪念册 [1]

作家，如果他是波浪，
那么，俄罗斯就是海洋，
当海洋骚动激荡，
他也无法不骚动激荡。

作家，如果他是
伟大民族的神经，
当自由受伤害时，
他也无法避免伤痛。

1864 年

1　曾思艺译。

折磨我的一切……

折磨我的一切，——

      早就全都被宽宏地谅解，

      或者被冷漠地遗忘，

如果心不曾被挫伤，

没有疲倦与创伤带来的疼痛，——

我会认为：一切都是梦想，一切都是幻影，一

切都是欺哄。

希望破灭了，眼泪枯涸了，

      激情像风暴突然袭来，

      又像云雾飞散消逝——

馈赠希望给我的你，

曾给痛苦的心灵带来狂喜，

也被带走了——在山后消失，

一如携带露水的云霓……

1864 年

她等待着灿丽的霞光……

她等待着灿丽的霞光，
　　　以便我的歌声能像泉水漫溢：
不是让黑夜，而是让燃烧的东方
　　　在歌声中反映，盈溢。
让自由的鸟儿在四周唧唧欢叫，
　　　让睡梦中的森林醒来梳妆打扮，
也让猫头鹰别把我的听觉搅扰，
　　　并让盲人在稍远处静坐安然。

1864 年

别人的窗户

记得在某地一个深夜暴雨如注，
我在别人的窗下徘徊冷得浑身簌簌；
别人的窗内灯火熠熠，
火光呼唤我——使我敲击玻璃……
上帝啊！腾起一片嘈杂混乱！
我使这栋高贵的房子紧张不安！
"谁敲窗户！"有人叫喊，"滚开，小偷啊！
难道你不知道，旅店在哪吗！"
对我来说，你们的心——也是陌生的房子，
即使有时里边灯火熠熠，
何况我是有涵养的人——不会拿走任何东西，
只是出于绝望而把你们的心扉敲击……

1864 年

世　纪

十九世纪——动乱、严峻的世纪——

它边走边说："不幸的人儿！

你在思考什么？拿起笔，请写明：

创造中没有创造者，自然中没有灵魂。

你的宇宙中——骚动的力量生气绵绵，

却不由自主，——具有创造性，却纯属偶然，

永恒中没有目标；生活似水流淌，

而且在它的浪花中有气泡闪亮，

你崩裂，落入没有天空的空旷里，

跌进那里的还有你的奴仆，宙斯，

蠕虫，你的偶像；我把你的想象

击碎在尘埃中……我命令你，快投降！"

他在写着——世纪在前进；他写完了——世纪

也已过完。

怀疑重又沸腾，理智重又闲游闲荡，——

不幸的人又会重听重录

未来世纪给他的口述……

1864 年

假　如

假如她用初恋回应
你最后一次爱情，
并像孩子般说出："我爱你"，——
曙光是否照亮你的心灵？
她的天真，你只能垂青，
　　而不能永无休止地猜疑损毁；
　　她那孩子气的爱情
嫉妒的幽灵更不能奉陪。
在惊吓中，她会清醒如成年妇女，
投入别人的怀抱，
并且不打算理解你，——
于是诅咒你会第一次听到，
唉！在你最后一次爱情时。

1864 年

最后的叹息

"吻我吧……

我的心燃起了火焰……

我还在爱……

快偎靠我身边……"

在这告别时刻,

你温顺的话语

就这样喃喃着并且消失,

就像在熊熊燃烧的

深深心底

渐渐消失。

我无法呼吸——

我望着你的面容,

却无知无觉,——

我俯身细听……

然而,唉呀!我的朋友,

你最后的叹息,

是没能讲完的

你对我的爱意。

我并不知道

我的这种生活
是怎样的结局！
而你对我的爱情，
讲完它，会在何处！

1864 年

致诗人－公民

啊，心灵纯真的公民！
我担心，你那威严的诗句撼动不了命运！
全不回应你那召唤的声音，
 忧郁的人们各自竞奔。

即便诅咒他们，也不会转身跟你……
那就相信吧，疲倦的他们，在闲暇时光，
远胜你那声声抱怨的缪斯，
 热心地回应那爱情的小唱。

即便你痛哭，他们也有自己的任务：
劳苦大众在意每一个铜板；
给他们你的手，你的头可以，但为他们痛哭，
 你也不可能走进他们的心坎。

头脑简单，四肢发达，他们不会细想
你一心想征服他们的语言，
对崇高的苦难更是毫不习惯，
 他们习惯的是另一种苦难。

快停下徒劳的召唤！

不要诉苦！你的声音发自内心，

一如那音乐，用鲜花打扮苦难，

请用爱引领我们向真理前行！

没有对大自然的爱就没有真理，

没有美感就没有对大自然的深情，

没有自由之路就没有我们的认知之路，

没有创造性的梦想就没有劳动……

1864 年

你的心智成熟较早……

你的心智成熟较早，你不怕爱情，
你相信爱情，全身心投入——却独自忧伤……
哦，迷恋、激情与欺骗的可怜牺牲品，
不要害怕指责，请你撕烂它们的罗网！

人们的指责——人们口是心非的良知……
别哭泣，别悲伤，快擦亮你模糊的双眼！
我毕竟不是法官，不是迫害者——虽然我也知
悉，
恶意的传闻背地里笑着签署了对你的宣判。

可我们之中又有谁不曾被激情欺骗？
然而你的敌人们难道就能笑到最后？
难道朋友们对折磨你的心就不会厌倦？
肆无忌惮的恶总会令人怨仇……

你身上的一切都珍贵、纯洁而神圣，
爱你的人也觉得这一切神圣不可侵犯；

你慷慨的心灵将会变得那样丰盈——

而且同样地你将爱着，爱着并笑容满面。

1864年

是否向你说说，
有一次啊……[1]

是否向你说说，有一次啊，
你的朋友想把自己的心灵安葬，
他邀请了所有熟人还有她，
都来参加豪华的追荐酒宴。

就在约定的追荐时分，
灯火通明，烛光闪亮，
许多形形色色的客人，
聚集在被杀死的心灵旁。

她也来了，依旧那么漂亮，
冷冷冰冰，却可爱又迷人，
他笑盈盈地把美人儿迎让，
可她却面若冰霜地走进。

她是否明白，这个日子，

1　曾思艺译。

在他心里是个什么节日？
难道已死的灵魂，只是
无声的阴影从她头上飞逝？

难道她害怕，这愚蠢的心灵
会复活，——并且又要
用对爱情的渴望打扰她的宁静——
一心期待爱的回报！

为了纪念死去的心灵，
做客的乐师演奏着《葬礼进行曲》，
大钢琴悲鸣，琴弦声凄清，
每一乐声都像在痛哭。

听着音乐，懒洋洋的女士们，
若有所思的目光低垂着——
她们全都感动于心，
喝着杏仁茶，吃着无花果[1]。

而男人们站着离得远点，

---

1 这句有反讽意味，暗指女士们其实无动于衷。

偷偷把女士们观望，

掏出过滤嘴香烟，

在门口把她们夸赞。

为了纪念死去的心灵，一个爱开玩笑的人，

给我们讲起了寓言故事，

这故事忧伤而感人，

却逗得所有人笑得流出了泪滴。

摆上小吃正好两点钟，

没有一个人能够拒绝，

为了纪念死去的心灵

而品尝馅饼是否做得让人心惬？

终于，感谢上帝，他

为她和客人送上了香槟——

没有哭诉，喧嚣又奢华，

你的朋友就这样安葬了自己的心灵。

1864 年

把自己黑油油的发辫
编成花环……

把自己黑油油的发辫编成花环，

你那孩子般的脸蛋让我回想

我们梦中憧憬的幸福千般，

让我忆起幼稚爱情的梦幻。

你那黑晶晶眼眸中的灼灼激情，

使我想起夜里灿灿发光的暗影——

鲜花盛开的花园的昏暗——月光下你那苍白的

容貌，——

你让我想起了初恋激情的风暴。

你衣着朴素，你服装上的深色花型，

让我想起了许多可爱的幻影。

你让我油然想起孤凄夜色里

那坟墓，眼泪和寂静中的呓语。

生活中带着微笑欢迎我的已逝的一切，

时光从我这里永远带走的一切，

已死亡的一切，渴望热爱的一切，——

你都让我想了起来，——快请帮我暂时忘却！

1864 年 9 月 14 日

新时光飘飞 ——……

新时光飘飞 ——看
新时光飘飞如插上翅膀：
一些人眼里突然燃起火光，
就像霞光突然照亮了脸蛋，
另一些人却目光暗淡，
神情忧郁，如同被乌云遮暗……

1865年

无所事事时痛苦，
劳动也痛苦……

无所事事时痛苦，劳动也痛苦……

幸福，满意，健旺，你们在何处？

    请回答我，你们在何处？

谁能爱着而没有痛苦，谁能思索而没有隐忧？

责备和哭泣不会把谁触怒？

刽子手害怕评判与羞辱——

    断头台仿佛看到了自由……

请你帮我解决这些难题中

哪怕最微不足道的部分，混乱无序的生活，

    软弱的生活对我们并不适合，

    不适合的还有严厉的，

盲目的，——放荡的、不安分的生活！……

1865 年

未　知

这位天才是谁，他迫使

我们从沉重的梦中醒转，

使相互分隔的思想连成一体，

并且让古老的杠杆，

贡献新的力量？

谁使复杂的任务变得简单？

谁创造了这么好的条件，

把千百万条道路清扫得堪称完美？

这位神一样的大胆英雄是谁？

这位傻里傻气的渎神者是谁？

谁是这位天才的蠢人？

他是振奋人心的先知-宗教狂，

还是富有实践精神的哲人？

　　他是作为安慰者还是作为

强大而可怕的复仇者降临，

以便把一代人唤起；

在我们的需要中他是否注意到爱情，

或者只向人民高喊仇恨，

大步前进并挥舞着旗帜？

天晓得！大脑徒劳地猜想，

而那边的先驱者，也许，

早已沿着乡间土道一步一步向前，

他坚信不疑，却全然不知

将在哪里过夜，有什么止渴疗饥，

谁知道呢，也许，偶然间，

他已经来到你身边，

用梦想替换梦想，

悄悄地在年轻的心田，

激发起另一种思想。

1865 年

坏死人

终于，我哭着永远埋葬了我的心，

　　这是多好的事情！

奇迹终于出现！——我胸中的死人

　　微微颤动，微微颤动……

怎么了，我可怜的心？

　　——我想活，放我去海北天南！

为了每一个漂亮的洋娃娃，

　　我都会死去，简直是无稽之谈！

世界与你同在，我可怜的心！

　　我埋葬你，确有苦衷，

你应当为谁而生！为了欢乐

　　而跳动，直至筋疲力尽！

可谁都不需要你——安静下来吧！

　　——我想活，放我去海北天南！

为了每一个漂亮的洋娃娃，

　　我都会死去，简直是无稽之谈！

　　　　　　　　　　　　1865 年

日日夜夜，我听见……

日日夜夜，我听见
墙那边传来女芳邻
快乐的笑声，
年轻的哭泣声——
在死气沉沉的墙那边，
我听到了一个人的心灵，
悦耳的声音中飞到我面前的
是一个人的心灵。

墙那边歌唱的声音——
是看不见但却鲜活的灵魂，
因为即便没有门，
它也能在我这角落里现身，
因为即便没有言语，
它也可以在夜的寂静中，
以应答回应我的召唤，
以心灵回应心灵。

1865 年

迟到的青春

时光飞逝——飞逝并且变成重负——
无情的衰老在嘴角染上白霜——
稠人广众的生活就像罪孽深重的地狱，
没有回应——变成茫茫一片荒凉——
眼睛从眉毛下嫉妒地观望，
脸上的微笑把皱纹清扫光。

  老年那痛苦的笑容，
有时多么难看！
而实际上，疯狂的心灵
  依旧激情汹涌，依旧满怀希望。

早已害怕迷人的幻想，
它也许无意间勾起回忆，
  看见每一个美人，
而今已凋萎的那些女神
那嫩生生的可爱脸庞，——
  它希望从逝去的欢乐中
引发空前的狂欢，
献身于新的诱惑——

享受最后的快乐，

　　把余生奉献。

但失去了令人生气勃勃的奖赏的激情，

　　就像可怜又可笑的冲动，

被令人绝望的苦恼眼泪所代替，

　　或者让令人疲惫不堪的徒劳希望化为

泡影。

　　一如那乐师，永志不忘的乐音

　　　　在他胸中熊熊燃烧，迸发火星，

乐师把打碎的小提琴拿在手中，

低垂着头静立不动。

　　心中有爱情——也有眼泪——还有不

幸——

　　和着音乐的急流在澎湃汹涌，

手中是碎片，——扯断的琴弦，

　　或是折裂的琴弓。

　　　　　　　　　　　　　1866 年

童年的英勇

在我还完全是个孩子时，
　　我的坐骑是棍棒；
那时我打心底里
　　把自己当作英雄好汉。

我时常阅读一些故事，
　　讲述远征和战役——
并心醉神迷，反复温习
　　庄严的颂歌一曲曲。

故事让我知悉
　　我们的民族最强大；
我们教区的牧师
　　最睿智、最博雅；

将军比所有人都勇敢，
　　就是他第一个出发，
离开训练场，

到女船长那里去喝茶。

我记得，阅兵那天，
　　　在集结的军队之前派班，
他灵巧地勒马静站，
　　　在军乐队指挥面前。

部队在乐曲中走了过去……
　　　而将军坐着四轮马车，
指尖放在头盔上行军礼，
　　　精神抖擞地驶过。

牧师是我的师尊，
　　　最最英明的导师，
而骑马的将军，
　　　英勇果敢排第一。

我相信荣耀，所以大喊一声：
　　　颤抖吧，敌人！
我给自己假想出一些敌人，
　　　把自己的兄弟都招募为军人。

勇士几乎总是

　　被孩子们崇拜得五体投地，

那时我总骄傲地自恃

　　我们全都是勇士。

我什么都不放过，

　　（我就是那么机灵有主意！）——

我砍过麦穗的脑壳，

　　我保护过带刺的花儿草儿。

我还吹过纸做的号角，

　　夸耀过实力悬殊的猛攻。

唉，为什么一生终了，

　　我不能成为那样的英雄！

1866年

十五年后 [1]

在那边，绵绵细浪
哗哗拍击楔形石柱，
而山上钟楼闪亮的梯子旁，
是花园，常春藤和柏树。

在那边，对自己三十岁的春天，
我曾经无动于衷，
在那里，我无法忍受冷酷的谎言，
还有诽谤，还有专横，——

不是南方那和畅的惠风，
不是恶海那狂烈的巨浪，
使我那冒失的激情变得稳重，
医治好我心灵的创伤。

不，我遇到了真诚的人们，
他们幸福，善良而淳朴，

---

1 曾思艺译。

我与命运和解是为了他们，
有他们在我觉得心中幸福；

我在他们那狭窄的圈子里休息，
就像相信善一样相信他们的抚慰，
我把每个男人看作兄弟，
我把每个女人视为姐妹，

然而就在当时，我似乎早已
被他们酣睡的理智所桎梏，
我暗地里并未迷惑于
他们那戴着平凡花冠的幸福，——

我渴望遇见另一些人们，
把另一种激情体验，
我以战栗回应他们的呼声，
我将获得胜利或者死亡。

巨大渴望的时辰，
无私劳动的魄力，
炽热的灵感迸发的时分，
你们去了哪里，去了哪里！

新生的巨人们，
你们的身影何在！隐藏着创伤，
作为你们的崇拜者，我孤零零
像幽灵在废墟中游荡……

在斗争中耗尽的力量，
唉！不会很快恢复如昔，
远方的墓群闷声不响，
没有出卖监狱的秘密。

1866 年

文学之敌 [1]

先生们！我现在准备痛骂一切——
我心情不好，而我心情不好，
是因为我最凶恶的敌人之一，
因为一句话被判进了监牢……

我向你们承认，并非出于空泛的温情，
我差点大哭起来，而只是
因为这该死的监牢，熄灭了曾经
汹涌在我心中的对他的敌意。

他既用散文，也用诗歌把我埋汰，
但我们不是为了陈年的债务而斗争，
也不是为了那戴着假发的太太，
不！我们是心怀坦荡的敌人！

自由的思想时而是君王，时而是仆役，
我有意成为一个毫不留情的敌人，

---

1 曾思艺译。

以便彻底击溃毫不留情的仇敌；
然而监牢像盾牌遮护了他全身。

在这道屏障前，我渺小不堪……
难道你们不知道，在锁链的音乐之中，
一切来自牢狱的思想，
我们更容易相信……

难道你们还不知道，甚至恶毒的造谣
也会披上善的漂亮外衣，
如果威胁它的是暴力的尖刀，
而不是刚直不阿的笔力。

我昨天还精心削好我的鹅毛笔，
我昨天还心潮激荡，提出异议；——
而今天我的智慧已垂下翅翼，
因为我并非无耻之徒，而是战士。

我会在你们和自己面前脸红，
如果我竟然想把无辜的囚徒揭发！
在我面前他不得不默不作声，
我也应当被迫一言不发。

他痛苦，因为他有家庭，

我痛苦，因为我听到了笑声：

如果真理比一切都苦痛，

那么一文不值的是我高傲的个性！

没有斗争，而且什么也无法弄清，

思想被盲目的偶然性扰乱，

未说完的谎言成为光明，

未说完的真理变成黑暗。

还能怎么办？而今又是谁之罪？

先生们，为了真理和善——

我决不会为幸福而喝醉，

我将为仇敌之笔的自由把杯干！

1866年

徒　劳 [1]

有时他徒劳地呼唤心爱的幻影，
并且期待着往日重现——
把坟墓中沉睡的一切唤醒，
往日重现，用爱的魔力减轻，
对幸福的渴望，——它已苏醒，使人疲惫
不堪。

他徒劳地希望把爱情遗忘，
让它那永远失去的亮灿灿光芒，
不再刺激自己，一如那熄灭的火焰，
留下红色的影子闪耀于黑暗，
在疲惫的眼眸下晃荡。

他徒劳地祈祷，虽已投身于新的激情：
——只要你唇露微笑来到我面前！
这样我才能以新的力量对抗严酷的老龄，
把充满敌意的荆冠戴在头顶，

1　曾思艺译。

18

并把沉重的十字架扛在双肩。

但是爱情没有到来，就像月亮冲破迷雾蒙蒙，
它给生命注入了活力，一如冬日的朔风劲吹。
心灵的伤口一时比一时更疼痛，
但心爱的幻影，并未以新型
形象，把黑暗和欺骗的世界回归。

1867 年

铁路上 [1]

铁马飞驰，飞驰！
铁与铁撞击，轰隆隆响。
蒸汽团团升起，烟缕飘散；
铁马飞驰，飞驰，
轰隆合唱，载人载物，飞驰向前。

我也在奔忙，为事情而奔忙——
事情十分重要，时间不等人。
呶，马儿！我暂时默不作声……
等等！我要像夜莺一样歌唱，
既然事情顺水顺风……

瞧，迎面飞驰过丛丛树枝，
轰隆隆飞驰过一座座桥梁，
片片灌木在腾腾蒸汽里躲藏；
铁马飞驰，飞驰，
信号灯一个个闪现，闪现……

---

1 曾思艺译。

瞧，已到了故乡！瞧，就在这边，
出现了一个铺着木板的屋顶，
打谷场上的禾草垛，绿沉沉的花园；
那里有个老太太，孤孤单单，满脸愁容，
她肯定是在想念我，等待我这亲人。

我真想看看她的蜗居，
在白桦树荫里躺一躺，
那里我曾播种过难以计数的幻想。
铁马飞驰，飞驰，
汽笛呜呜，成百的车轮滚滚向前。

瞧，这是一条小河——闪光和芦苇的倒影，
美丽的少女从山上走来，
她不慌不忙地走在乡间小径；
也许，这是一颗金子般的心灵，
也许，这是美从美中盛开。

多好啊，要是我能和她相识，
这不全是胡言乱语，——
无论如何，我还是有爱的能力……

铁马飞驰，飞驰，
一条铁线向远处逶迤。

瞧，远处夕阳辉照中，
钟楼，房屋和小城五彩斑斓，
听说，那里有一个我昔日的同窗，
不满于生活，总是在斗争……
要是我能转身走到他身旁……

要是我哪怕能跟他聊上一小时！
虽然他生活的岁月不是很长，
但他却遭受了不少的灾难……
铁马飞驰，飞驰，
飞迸的火星留下印迹点点……

轻风把它们卷起，带到
已经变黑大地的露珠上，
铁马在梦中对我开言：
"朋友啊，你为事情而奔跑，
你的温情就这样完蛋……"

1868 年

红霞在乌云下升起，
红光熠熠……

红霞在乌云下升起，红光熠熠，

透过灌木丛望着路面……

      你请看，

背阴处的花儿多么萎靡暗淡，

泥泞也穿上了闪闪发光的紫红衣……

1869 年

当深沉的男低音一个
接一个掠过……

当深沉的男低音一个接一个掠过，
于是便响起了你的声音，
唱着一首久远而过时的颂歌，——
我想要的不是荣誉，请你相信！

不！重回逝去的春天，
我的希望重又抚爱
鲜花盛开的脸蛋，
心中重又燃起逝去的爱。

冷却的悲痛之火，
重又使心灵紧缩，——
和声又一次教会我
像常人一样忍受折磨……

1870 年

极地的冰

我们这里是春天，而那里——就像被击碎的浪
花，
巨大的冰块在浮动——游进云雾重重，
又游入亮丽的阳光中并在阳光中融化，
　　　　滴滴泪珠洒入海洋之中。

时而，暴风雨卷起飞沫侵袭、打击它们，
时而，当红霞满天时，又到处平风静浪，
它们病人般的红晕
　　　　如柱般整夜反映在冰冷的海洋。

它们留恋这极地巨冰的国度，
但它们被强拉向南方，强拉到这海岸，
强拉向这些石头，在这里我们仿佛
　　　　看到松树间故乡的炉灶冒出袅袅
炊烟。

它们再也不能回到故乡的土地，
它们也无法游到我们的岸边，

只有它们的叹息随风飘到我们这里，

　　　　它们不让我们呼吸春天的空气……

即便绿意盈盈，白桦吐出新芽，

但老天总是阴沉着脸，并且细雪飘舞。

我们昨天还沉醉于温暖的幻想之花，

　　　　今天却顿感寒冷刺骨。

1870 年

当我失去自由的日子……

当我失去自由的日子，
我记得，我满口
高唱爱情，荣誉，
和金灿灿的自由，
而那些囚徒们长长叹气，
他们戴着镣铐在高墙里头。

当自由已经来临，
我还是用那个调子
高唱，——为此他们
对我诋毁、挖苦不已，
他们说："你所哼的
还是监狱里的歌曲，

"当你没有自由的时分，
你在高墙后
可以歌唱美好的事情，
歌唱金灿灿的自由，——
囚徒们听着你的歌声，

一声声叹气不休！……

"现在，兄弟，你已自由在身，
请把别的歌儿高唱，
高唱锁链，高唱仇恨，
高唱人类的野蛮，
好让我们听着你的歌声，
不昏昏沉沉进入梦乡。"

1870 年

小 船

少年时我有两只小船，
我为它们配备需要的全部物品，
让它们出航：一条向过去扬帆，
　　　以寻找传说中的著名人们，

另一条——载着我的珍贵梦想飞驶向
神秘的远方——未来时光的幻影，
那里有兄弟情谊和自由思想，
　　　但是——还没有人群。

瞧，我的两条小船都已返航：
一条给我带回苍白的影子一串串，
他们彼此斗争，相互折磨，竞相埋怨，
　　　背负着爱的痛苦和思想的沉重负担。

另一条给我带回一连串幻影，
创造的梦想，无形的人们，
他们有毫无眼泪的失去，没有奴役的欢欣，
　　　和没有束缚的爱情。

瞧，其中一些逝去时光的影子婆娑着，

冲我高喊：唉！万物只有一条法则准绳，——

还 追 求 什 么 ？ ！ 要 知 道 —— 没 有 无 痛 苦 的 生

活；

希望——只是蠢不可及的梦。

另一些神秘兮兮地给我答复：

我们过的是另一种生活！我们有另一种法则准

绳……

不要相信逝去的人，让他们回去，

过去——只是蠢不可及的梦！

1870 年

关于涅克拉索夫 [1]

　　我记得，我和他相识
是在他病重说话都很困难的日子，
　　当时他教我们懂得公民义务，
他就像闪闪烁烁并慢慢燃尽的蜡烛，
　　当时没有尘世财富和幸福的我们大家，
还能全都热爱着他。

　　即便已离棺材不远，他仍旧
生气勃勃，沉着冷静地创作不休：
　　低垂着头在斟酌韵律，
他看上去像个战士，而非奴隶，
　　当时我也相信他不折不扣
就是苦难和劳动预言性的歌手。

　　而今就让传言闹得满城风雨，
说这一切都只是文字——文字——文字——
　　说凭借文字的王牌游戏，

1　曾思艺译。

他只是偶尔能够自娱，

　　时而是强烈的嫉妒，时而是冰冷的算计，
从青年时代起就在把他的心灵啃食。

　　面对迟到的传言，
像您一样，我不会顺从地由它信口雌黄，
　　理智可以很轻松地对它开言：
为了你宣传的一切，快点走进黑暗……
　　名誉和传言是两个仇敌，
传言不是我的法庭，我也不是它的仆役。

1870 年

满怀悲愤的诗人真有福分……

满怀悲愤的诗人真有福分，
哪怕道德上有缺陷，
悲愤时代的孩子们，
也会尊敬他，向他献上花冠。

他就像拨开黑暗的巨人，
时而寻找光明，时而寻找出路，
他只信智慧——对人毫不相信，
并且从不等待来自神灵的答复。

他以自己那预言的诗篇，
惊扰那些强壮男子们的美梦，
他自己也痛苦不堪，
明显的矛盾是他的樊笼。

他以全身心的激情
爱着，他讨厌伪装，
他不会用任何交易权衡，
来换取幸福一场。

毒素已向他的激情深处渗发，
在否定的力量中——有救助，
在爱中——有思想的萌芽，
在思想中——有摆脱痛苦的出路。

　　他被迫发出的呼喊就是我们的呼喊，
他的缺陷也为我们所有，我们所有！
他与我们共饮同一杯酒，
像我们一样被毒害——并高大如山。

1872 年

堕落的一年 [1]

你要离去了，再见了，再见了，
堕落的一年，空虚的一年！
你快走进黑暗，别再干扰
我们朝着光明大步向前……

你放进自己心胸的，不是
普罗米修斯盗来的神圣天火，
你没有创造人，
你用镣铐把我们控制，
为了恶的自然之力，
你向我们允诺荣誉，
还把被你压制的人们
变成咝咝发声的蛇群。

不，你送来的不是神火，
也不是幸福的泪花朵朵……

1873年

---

1 曾思艺译。

我的智慧被苦闷紧压……[1]

　　我的智慧被苦闷紧压，
我两眼发红，没有泪滴；
云杉在湖上交织在一起，
芦苇黑压压一片，——水上的道道缝隙
闪着忽明忽暗的光华。

　　那么多，那么多的繁星在闪亮，
可带着冷飕飕的震颤，
夜的黑暗渗入我的心田，
仇恨的深渊上，我看见
如此少，如此少的爱情之光！

1874年

1　曾思艺译。

夜以千万只眼睛观看……

　　"夜以千万只眼睛观看"（英文）。

夜以千万只眼睛观看，
　　而昼只用一只眼睛；
然而没有太阳——地球上面
　　将黑暗笼罩，仿若烟雾蒙蒙。

智慧以千万只眼睛观看，
　　爱情只用一只眼睛；
然而没有爱情——生命就会渐渐暗淡，
　　于是，日子飞逝，仿若烟雾腾空。

　　　　　　　　　　　　　　1874年

夜　思

我是蠕虫——我是上帝！

——杰尔查文

你是不眠的，灯火辉煌的首都。
睡梦中，我听到墙外
隆隆巨响驰过不平的马路，
那是马蹄嗒嗒，马车飞快。

像一个病人，我睁开眼睛，
四周是黑沉沉大海般的夜色浓浓。
我独自躺在秋夜的底层，
如同躺在海底的一条蠕虫。

在这午夜时分，似乎某个地方
传来节日歌舞的喧闹。
眼泪流淌——淫欲哼唱——
带刀的饥饿小偷正在偷盗……

然而，对于那些跳舞或哭泣的人，

对于那些带刀偷盗的人，

在这深夜难道我不是海底

看不见也听不到的一条蠕虫？

如果夜里没有恶魔，

谁会是我隐秘思想的见证人？

这样的夜藏匿起它们，

是否早于我的坟墓藏匿它们！

可是我怀着渴望，它无需水来费劲，

也不用葡萄酒来浇送，

对于自己——我是一个充满向往的灵魂，

对于他人——我是海底的一条蠕虫。

黑暗中，谁能

听见灵魂的深深哀号？

在世上，谁又能

知晓心胸呼吸为何如此难熬！

在我和整个宇宙之间

只有黑沉沉大海般的夜色浓浓。

如果我的声音上帝也无法听见——
在这样的深夜我就是海底的一条蠕虫。

1874 年

有这样的一段时光……

有这样的一段时光，
闷热和寂静笼罩入梦的海洋，
无垠的海面烟霭茫茫，
波浪几乎一声不响。

如果深渊上空突然刮起风，
既恐怖又强大，
巨浪澎湃汹涌，
比翻滚的乌云更可怕……

如同被马刺催得狂奔的战马，
迅飞疾驰，加入大战，
闪电那火焰般耀眼的光华，
飞扑进那飞溅的泡沫圈。

在山岩上四散窜飞，
在岸边吹飘
喧哗的芦苇
摇颤的羽毛……

1875 年

在窗户旁

在窗外，我看见
　　　让心灵发冷的青金色光，
渐渐变成雾蒙蒙的幽蓝，
　　　笼罩了夜的整个穹苍。

远处的星星闪烁着白色光辉，
　　　天空中没有别的星体，
庞大的城市在执迷不悟中昏睡，
　　　就像无法自制，发着梦呓……

思想寻找着出口——寒冷吓坏了它，
　　　我觉得它就是希望，
城市即使睡醒，也找不到它，
　　　因为城市已陷入了无生气的无谓奔忙。

1876 年

女　皇 [1]

我记得在孩提时光，
一个奇异的少年奇想：
我爱上了一位女皇，
这世上没有人比她更漂亮。

太阳在她的前额闪亮，
月亮在她的发辫里躲藏，
繁星在她的一绺绺头发中红光闪闪，
上帝就在她的美里熠熠闪现。

这女皇生活的华邸，
任何人都无法到达，
一把把金灿灿的钥匙，
紧锁着琼楼玉厦。

只是深夜她才出门，
白桦树荫里响声纷飞：

1　曾思艺译。

时而钥匙落地有声，
时而掉下一滴滴眼泪……

只有在那一个个节日，
我睡眼惺忪跑回屋去——
从那绿闪闪的丛林里，
她那水汪汪的眼睛把我关注。

可这到底是怎么回事，——
这是真的，还是在梦中？！——
春天，清晨时分，有一次
她从窗口飞进满脸通红：

窗帘轻轻摆动，玫瑰丛中
重瓣玫瑰突然绽放芳芬，
于是我悄悄闭上眼睛，
迎接她香柔柔的亲吻。

可我刚刚来得及
捕捉到她面容的光艳，
在我前额烫上印记，
女宾就消失不见。

从那时起她留下的印记，

我用什么方法都无法洗去，

女皇永远青春艳丽，

背叛她，我无能为力。

我等着，她用第二个吻，

堵住我的双唇，——

在自己隐秘的琼楼，美人

亲自为我打开大门……

1876 年

保加利亚女人 [1]

在窒闷的城市里，没有泪水和歌声，
　　不敢抱怨，也不敢祈祷，
作为被人买卖的奴隶，我在后宫，
　　为穆斯林老爷的妻妾效劳。

一个说："唔，给我说得仔细点儿，
　　你们的村庄是怎样燃烧，
你那被钉在墙上的男人是否哀号不已，
　　他那苍白的尸体是怎样被烧掉……"

另一个笑着对我说："唔，是的，
　　他们不会白白放过你：
我们的老爷，当然，是第一个，
　　让你的美裸露无遗……"

"那又有什么？"第三个拖长声调，
　　她手拿羽扇遮住脸，
"虽然古兰经没有命令我们把孩子杀掉，

1　曾思艺译。

可是否只有你一个人痛苦不堪？！"

她们还怒气冲冲，因为我寡语少言，
　　　　对她们的话语无动于衷，
可我的泪已哭干，脑中腾起烈焰，
　　　　我觉得整个天空一片通红……

仿佛花园，清真寺高塔与平房，
　　　　都矗立着在沐浴血光……
眼前的一切是假象，还是我几近疯狂，
　　　　又或是复仇的预感！

谁在绝望祈祷之时，
　　　　把我的内心探究，
他就会深感羞耻，
　　　　义无反顾地投入战斗。

快来吧，救星！攻下城市，
　　　　那里传来报祈祷时间者的叫喊，
就让我被他们的烟熏死，
　　　　怀着对上帝之子的渴望！……

1876 年

生命的马车上

一大早我们坐上马车。

——普希金

我习惯了我的马车，
我对坑坑洼洼毫不在乎……
我只是老人般哆嗦，
当夜间寒气刺骨……
时而默默地陷入思考，
时而绝望地高声大叫：
"出发！……全力拉车奔向前途。"

然而不管怎样叫喊，哭泣或者痛骂——
白发苍苍的马车夫总是执拗地一声不吭：
他用鞭子轻轻赶一下那匹驽马，
催促它匀速地慢跑徐行；
马蹄嗒嗒飞溅起泥浆，
全身上下微微轻晃，
它们奔入了夜色蒙蒙。

1876年

在失落的年代
—— 致尼·费·赫里斯基阿诺维奇[1]

温暖中狰狞的痛苦含苞怒放——绿意盈盈，
仿佛春天的太阳把它晒暖……——
眼泪解冻融化，像小溪潺潺流淌，——
而在那边，在坟茔上，在土壤疏松的丘陵，
小白桦僵硬地挺立在雪中。

但还有这样的时候，寒冷袭入心灵，
于是痛苦凝固，仿佛静止不动……
而在那边的坟茔上春风徐徐吹绿，
小白桦苏醒，长长的密密的树枝，
全都穿上了嫩汪汪绿叶的新衣，
孩子们带着丁香花欢聚到一起，
坟茔上那些影子默默汇集，
倾听孩子们无忧无虑的欢声笑语。

1876年

---

1 尼古拉·费里波维奇·赫里斯基阿诺维奇（1828—1890），俄国作曲
家、音乐学家。

寓　意

我乘车前行——黑暗使我压抑——
我凝望黑夜；一星灯光
时而突然迎面朝我闪熠，
时而突然又像微风轻扬，
吹灭了它，让它消踪匿迹……
莫不是那里等我入住的
不是一个小小驿站？……

看吧！……我早已预知——
马车夫会从座位上走下，
卸下疲惫不堪的马匹，
于是，灯光闪烁下，
他领我走进湿漉漉的宁静房间里，
并且说：躺下吧，我的亲人，这是
木板床——暂且睡一会吧……

可是，我怎能看得上这房间，
我不想睡，我不会躺下，
我会大喊："老家伙，快点，

给我吩咐换马！……

你听着……别给我套劣马——

给我套上好马，让我能飞奔，

追赶那些超过我们的人……

"厄运带走的一切：

自由——青春——爱情，

我要让它们重新紧贴心房：

让那红光闪闪的东方，

为我照亮前程——让新的一天

驱散这夜的阴影，

而不要微弱得像这灯火——星。"

1876年

纪念丘特切夫[1]

是否因为在这个世界，

　　美是永恒，

永恒的春天

　　便常驻于他的心灵；

用狂烈的暴风雨换来清新，

　　透过一滴滴泪光，

如同彩虹在乌云中闪现——

　　那是幻想的影像！……

是否由于麻木不仁，

　　抑或由于日积的仇恨，

天神之火的火星，

　　在他身上闪耀得更加光明，——

从垂髫小儿到年已垂暮，

　　寡乐少趣的岁月，

冷酷无情的世界，

1　丘特切夫（1803—1873），俄国19世纪天才诗人，开辟了俄国"哲理抒情诗派"。本诗为曾思艺译。

对他却并不冷酷！

是否由于他并不希冀

　　　从世人那里得到救援，

他把理想置于

　　　人间一切偶像之上……

他的歌让深深的悲伤，

　　　深潜入心灵深处，

而且就像那灼灼星光，

　　　照亮漫漫长路……

是否由于他相信

　　　自己的人民并为之痛苦不堪，

而且远远地向人民

　　　指示兄弟的锁链……

我感觉得到：他的精神时而相信，

　　　时而又痛苦不堪，

因为为了兄弟而流血，

　　　我们的鲜血汩汩流淌……

1876年

日　暮

我看见，金灰色的云堆
布满了整个西天；霞光熠熠
闪耀在云缝间；晚霞的余晖
照亮了多石的峭壁，

悬崖的石棱，白桦林和云杉，
下面是无际无垠的海洋。
黑色的巨浪不停地喧嚣、激荡，
迅飞疾驰，冲破黑暗。

通往海滨的小路透过灌木丛依稀可见，
"你好！海洋！"我走向大海，并且呼喊。
生活和人世已把我变得冷漠消极，
请让我以热情的问候欢迎你！……

但巨浪撞击着礁石，
重重地飞速跌落，沉入泡沫，
喧嚣着，翻滚着，退了下去：
"请等新浪吧，我已败缩……"

新浪飞奔而来，一路喧嚣不断，

我从每一巨浪中听到的都是同一种咏唱……

心灵充满了无穷的渴望——

我等着——天色越来越黑，落日渐渐暗淡。

1877 年

女 囚 徒

她是我的什么人？——不是妻子，不是恋人，
也不是我亲生的女儿！
可为什么她那该诅咒的命运
让我整夜合不上眼儿！

整夜合不上眼儿，因此我冥想
那因禁于窒闷牢狱中的青春，
我看见——拱形的牢门……铁窗，
潮湿昏暗中的一张单人囚床……

兴奋炽热的双眸从床边凝望，
没有眼泪，也没有期盼，
一绺绺蓬乱的头发长长，
从床边几乎垂到黑湿湿的地面。

双唇一动不动，
　　　苍白的双手放在苍白的胸膛，
轻轻地按着心房，没有颤动，
也没有对未来的希望……

她是我的什么人？——不是妻子，不是恋人，

也不是我亲生的女儿！

可为什么她那饱受苦难的形象

让我整夜合不上眼儿！

1878 年

诗人也是公民，
他的使命是劝善规过……[1]

诗人也是公民，他的使命是劝善规过，

在鹑衣百结的赤贫中发现鲜活的灵魂，

热爱那些自我牺牲的受难者，

并且憎恨那些冷漠无情的人。

1878 年

---

1 曾思艺译。

担　忧

我亲爱的朋友，你一个人去庆祝节日，

　　　没有陪伴者，也没带侍女，

就这样去了——以自己的美丽

　　　让那些漫不经心的富人欣喜。

已经很晚了……四周漆黑一片……我的听力

高度紧张，

　　　我的大脑里尽是乱糟糟的怪想：

煤气灯早已熄灭的地方是不是你的簌簌声响？

　　　听！是什么在前厅发出一声叮当！……

已经很晚了；我无法入睡——我发誓，

　　　并非因为我狂热地爱你，

也并非因为没有你的热吻和故事，

　　　我就无法产生睡意……

不，我无法合眼并非因为嫉妒，

　　　我也并非作为恋人在等待你：

我害怕节日——很晚的深夜让我恐怖，

还有这个半睡不醒的城市。

这里每个人都在等待不幸，这里每扇门都上了锁，
　　这里蓬头垢面的赤贫像隐身人
在我们中间游荡，又像妖魔，
　　浑身哆嗦着，在门后搜寻。

也许，是它的幽灵正嫉妒地盯视
　　那些窗户里闪现的明亮灯光，
那里你的纤足伴着提琴的曲调滑移，
　　那里你的一绺绺鬈发飞扬。

你不穷苦是因为你劳心劳力，——
　　可对它来说，就连你也是富翁；
你热爱的东西和我们视为神圣的东西，
　　对于饥肠辘辘者毫不神圣……

…………

哦，我不愿再满怀痛苦与惊惶地等你，
　　对此无须再解说缘故，

当每一个人在他亲爱的家里，

　　点燃了节日的蜡烛！

1878年

（假说）

音乐从永恒中突然响起，
它漫涌进无限，
并一路携带着混沌，——
在深渊，像旋风，星体旋转：
它们的每一道光都像悦耳的琴弦震颤，
生命被这震颤唤醒，
谁有时听到这上帝的乐声，
谁的心在燃烧并眼亮心明，
谁就不会觉得这是谎言。

1880 年

我爱麦穗轻柔的沙沙声……

我爱麦穗轻柔的沙沙声，

　　　和亮晶晶的浅蓝天宇……

我欣赏茫茫庄稼地，

　　　但不喜欢黑压压的乌云，还有暴风雨……

可携带冰雹的乌云突然袭来，

　　　雷声隆隆昏天黑地；

我如同一株麦穗，并且和麦穗一起

　　　被砸得倒向湿漉漉的大地……

倒向湿漉漉的大地——变得僵硬，

　　　浑身冰冷，无声无息，

一切对我来说都已无所谓——

　　　管他头上是乌云滚滚还是阳光熠熠？！

　　　　　　　　　　　　　　　1882 年

我死了……

我死了，我的灵魂向仙境疾飞而去，
　　那里到处星光灿烂；
我不能回到你那里，
　　那是罪恶与锁链构成的尘寰。

别了！你听那每天千篇一律的喧嚣，
　　可这对于你只是淡淡的无聊；
但你的一天在我面前如电光闪耀，
　　我在其中并未把你找到。

你看，夜的阴影正与白昼交割，
　　可我并未看到你的夜影；
与我还有什么关系，你是爱我
　　还是把目光盯准了他人……

我理解尘世激情的变化无常：
　　死亡熄灭了病态的狂热，
不要害怕嫉妒，也不要乞求相互间的感情，
　　那是你不需要的欢乐……

1882 年

你的眼睛，你的智慧，
你全身都闪耀光华……

你的眼睛，你的智慧，你全身都闪耀光华，

你远离生活中的不幸和苦难……

就连沉默中你都用眼神说话，

恰似深夜灯塔的灼灼火焰……

但我，作为航行者，看见火光，

我无比珍视自己的这一救星，

于是我绕过水下的礁岩，

远离光辉继续航行……

可假如我是喧哗的海浪——

对风唯命是听的海浪，

我会带着自由思想迸发的激情，

朝你飞奔，向你奉献至诚，

哪怕只有片刻的小小欢欣——

最终失败——我也将

把意志交给眼泪，用自己的疯狂和激情，

哭出声声痛苦，祈求遗忘。

1882 年

在花园里

我们在花园里欢庆我们临别前的空闲，
别了！亲爱的朋友，我为你的健康把杯干！
把酷暑带给一切的太阳热力大退，
冰也不再寒冷，这华美的灌木林
不知道自己的玫瑰，就连这酒杯
也不知道，它碰触了谁火热的嘴唇。
闪光，沙沙声，这摇晃的树枝——
这一切都充满了快乐的无知；
而人们责怪我们把苦难当作节日，
于是我们感觉到寒冷和剧烈疼痛的滋味……
别了！亲爱的朋友，我为你的健康干杯！

1882 年

考　验[1]

无论多么痛苦，我要把全套程序完成，
我要在深夜走进自己的小屋，
在圣母面前点燃神灯，
然后站着祈福……

我在圣像前俯首祷告，
根本没听见，就在窗外的花园里，
茉莉花纷纷绽开花苞，
夜莺唱得多么甜蜜……

然而，经过长久的不眠，
我躺在我的卧榻上，
我身上的欲望倏然涌现，
过去生活的幻影升起，比白昼更明亮。

我把疲倦的睫毛轻轻合上——
我湮没在甜蜜幻想的深渊：

1　曾思艺译。

我总看见她那深陷的双眼，

波浪般的头发……苍白的双肩……

我开始打盹——呼吸困难，

我看出了自己是个疯子：

我在梦中听到她的抱怨，

对我那放荡的青春时期……

我便泪水盈盈地呼唤救星，

我听到了婴儿的哭喊——

为了那被我蒙上耻辱的爱情

我发现了永远的复仇者，在她身上，在这孤儿

身上[1]……

战胜诱惑我毫无力量！

我已把自己的祷告遗忘，

我双膝跪倒在死者面前，

请求她的宽恕原谅……

1883 年

---

[1] 本诗带有一定的自传性，波隆斯基的儿子安德烈出生不久就夭折了
（1859—1860），他心爱的妻子叶莲娜（1840—1860）也死了（诗中的
"死者"和"她"）。

老 人

一位老人，艰难地，呼哧呼哧
　　爬上了陡峭楼梯的台阶，
而一位漂亮的姑娘在他身后向上跑去，
　　像一阵春风淡淡飘越。
轻巧的脚步声从旁掠过，裙裾飞扬，
　　长长的鬈发弯曲成一绺绺一道道……
哦，他立刻觉得自己丑陋不堪，
　　笨重迟钝，完全多余，真爱唠叨。
叹了口气，被岁月弄得苦恼不堪的老人低垂下
头，
眼看她突然消失在敞开的门后，
　　像一个敢爱的精灵，
像美的精灵，她被无情的命运判定
　　成为人们最喜爱的人。
请停下，美人！生活
　　会教给你艰难喘息和疼痛苦楚，
当生活这条陡峭的上坡路
　　狠狠地将你折磨！……

1884 年 5 月

冰冷的爱情

每当为日常的忧虑或愤恨困扰，
　　对你火热的吻，
我就无法以同样火热的吻回报，——
　　请不要责怪，也不要疑心。

我的爱情早已与快乐的梦想毫不相挨，
　　没有憧憬，但也没有沉沉睡着；
它就像惨遭打击的坚固盾牌，
　　保护你远离贫穷与邪恶。

一如老骑士胸前古老的锁甲，
　　我对你矢志不移；
在连续不断的战斗中它比朋友更忠贞可嘉，
　　但请不要从它那里期待一丝暖意！

我对你矢志不移；但如果你变心，
　　那诽谤就会重新飞临，——
要明白，生活多么艰难，请你回忆，请你估评，
　　我这冰冷的爱情。

1884 年

过度的宁静用预感折磨我……

过度的宁静用预感折磨我……

缪斯已很久很久不再光临；

我何苦要呼唤她……我何苦要找寻

疲惫智慧与梦幻美女的结合！

像无家可归者，像乞丐，那些歌曲到处流传，

都是由我们把它们创生到世间，

那些喜欢倾听歌曲的人们，

像对待他们理想追求的回声，

昏昏欲睡地等待歌声结束或是离开——与幽灵

一起在柳树与墓碑之间飘萦；

而那些出生晚于我们的人，

追随着我们心中早已消失的希望的幻影；

他们不了解我们，我们也不了解他们，

他们有自己的歌手，他们唱出自己的歌声……

那就让他们唱吧……也让我倾听他们的歌声，

并且深感欣慰，因为我理解他们的苦闷，

我觉得他们的心中有我心爱女神的影子，

我祈求永生女神祝福那个日子，

在那个日子我们为了贫乏的歌曲在人世相遇，
这些歌曲虽然没有获胜，却也不可战胜。

1885 年

老鹰与鸽子
——献给雅·卡·格罗特[1]

暴风雨掀起海浪，在海湾上

走进茫茫黑夜，——雷声隆隆震响……

云层后，迎着倾盆大雨，

一只老鹰带着猎物在飞翔：

不惧雷声，飞向自己的巢穴，

振翅奋翼，划破漫漫黑暗，

它把鸽子紧抓在自己的爪中，

然后落到了岩石上。

它身后那坚不可摧的雪峰，

在晚霞中流光溢彩，

它身下的乌云一团团升起——泡沫

为海岸涂上一层银白。

小溪在岩石上潺潺奔跃，

鹰们在叫唤……它不答复

任何一只，只听见

---

1 雅可夫·卡尔洛维奇·格罗特（1812—1893），俄国语文学家。

猎物在向它哭诉……

在它的爪子中，鸽子浑身颤抖，
眯缝着眼睛乞求："放了我吧……"
宽宏仁厚的老鹰听取了哀求，
于是对鸽子说道："飞吧！"
鸽子瞬间就感到了自由，
它就像被猛地抛出的雪团，
兴高采烈地抖开一双翅膀，
奋力一冲，飞向远方，
它飞呀飞呀——转得头晕目眩，
寻找着它那亲爱的海岸，
却陷入海浪与乌云之间
那蒙蒙的水雾一片，
雄健的老鹰的猎物——
又落入了暴风雨的魔爪……
唉，冷酷的大自然，
根本不接受它的祈祷……

仿若被大雨击倒的蝴蝶，
在浓重的雨幕中稍稍一闪，
它消失在一片灰白泡沫中，

这泡沫正猛冲向礁岩；
就在这块礁岩上，那只
雄健的老鹰在悠然休息，
时而磨磨喙，时而
懒洋洋地梳理双翅。
它在想：也许到了早晨，
大自然的嗥叫就会停息，
岩羚羊又会在阳光下跳跃，
大雁也从水面向上飞起……
而马儿扬起尘土的路上，
大群牲畜缓缓走进林木深处……
上帝也将从高空向我
指明所需的猎物……

1887年

我们的生命是水一滴……[1]

我们的生命是水一滴，
沉没进遗忘的无底海洋，
我们光荣的劳动又在哪里，
还有我们所有的疑惑与幻想？！

城市诞生于累累白骨，
道路将取代从前的宫殿……
旋风卷地，高扬起尘土，
让乞丐和英雄的骨灰混成一团。

1888年

---

1 曾思艺译。

费　特 [1]

不，我并未忘记那早年的火，

那是我们在第一个山口点燃，

夜莺在森林里既哭泣又歌唱，

但我们的五月一闪而过，夜莺的佳期也一闪

而过。

啊，这些夜莺！……垂青的命运

把它们从绣球花树丛和云杉之邦，

带到那没有暴风雪的温暖地方。

那里的南方更炎热，东方更光明，

那里溅着淘气的飞沫发出甜蜜的潺潺，

条条小溪在一块块小石头上流淌，而清风

把玫瑰的叹息传送四方，也呼吸着它的芳香，

当我们这里的春天在皑皑白雪下消失踪影，

那边竟有那些夜莺，和与它们一起的那个费

特……

他睿智恰似哲人，他明白，如果将我们和岁月

一起带向冬天，

1　曾思艺译。

那么我们再也不能回到春天身边，

   于是，他随着夜莺远走高飞。

于是，我觉得，我们的夜莺诗人，

玫瑰的宠儿，在芳香的树叶中藏身，

正在尽情礼赞那永恒的春天。

他颂扬美和魔力，处处像个热恋中的人，

既在繁星和唤醒沉寂空气的暴风雨中，

也在灰色的云朵里，也在沉默的远方，

在那里如烟消散的既有幻想，也有悲伤，

还有一群群古怪离奇的幽灵，

   还有香馥馥玫瑰的芬芳，

魔魅的梦想不懂我们的灾难：

无论目前大众所注意的问题，无论忧郁的思绪，

无论怨愤，无论对一切残酷无情的谎言，

   无论失败，无论胜利。

只有我们当时燃起的那团火，

对于他永不熄灭，哪怕是黄昏日落，

他看见夜间的幽灵，在山口旁

在森林中进行轻言轻语的争辩，

那里无数星星浮游在自由自在的蓝天，

当年的那些夜莺既哭泣又歌唱。

     1888 年 2 月 1 日

花岗石和天空和一切
都披上了雾的衣裳……[1]

花岗石和天空和一切都披上了雾的衣裳。

我沿着街道孤身一人在人群中漫步徐行。

就连传说也不暖心，不久前这里某个地方

冷凄凄的黑暗中闪现红色的费特形象，

我在任何地方都无法把这位歌者找寻。

怎样的特点——我怎么知道，日常生活的波浪

或偶然，把他驱赶来，又赶走了他，

而他就像缪斯珍重地培养的一朵娇花，

在这里让该落的花瓣一一落下，

而对于我，这坏蛋，却没有一句话。

1888年2月16日

---

1 曾思艺译。

在门边 [1]
—— 献给契诃夫

在秋夜，有一次，

　　我走过一个僻静的庭院，

我站在陡直的楼梯，

　　像小偷悄悄向上爬攀。

我在黑暗中摸到

　　那扇朝思暮想的门，

"亲爱的！"我把门敲，

"别怕……这是我本人……"

烟雾从那被打破的窗户，

　　慢慢爬上顶间，

楼梯上臭味浓郁，

　　黑暗也在轻轻抖颤。

她马上就会回答，

1　曾思艺译。

会用苍白的双手，

在小灯的微光下，

　　颤抖着把我紧搂。

一如往昔，她会叹着气，

　　俯身靠在我的胸膛，

她激情洋溢的话语，

　　猝然中断，再无声响……

她是我唯一的友人，

　　她是我的理想！

我再一次把那木门

　　轻轻轻轻敲响。

原谅我吧，让我进屋，

　　我会冷得打战，我的天使！

因为怀疑，也因为痛苦，

　　我疲惫不堪，我难受至极！

我久久地敲着她的门，

　　一边敲，一边喊，突然，

我觉得似乎有碰撞声

轻响在门后边。

我颤抖了一下，顿时瞠目结舌，
　　我屏息静默……
原来是这样，你背叛了我，
　　你这条狡猾的蛇！

你两人一起……但是……我是疯子！
　　到了我该清醒的时候……
我将在这里等着情敌，
　　直到早晨都已远走。

我如此信赖的一切，一切，
　　微不足道，且都是谎言！
罪证公开而直接——
　　你无法把我欺骗……

但我屏住呼吸，
　　像暗探站在门边，
无论吱扭声，还是话语，
　　还是沙沙声，我都没听见……

啊，丑恶的怀疑！

　　相信只会见到她一人，

这快乐的信心，

　　能否补偿我的罪行。

等到心平气和复归，

　　我终于明白，

她已被我的行为

　　深深伤害。

并非无缘无故，在约会之时

　　站在楼梯的下面，

我发现她的眼里

　　满是屈辱的泪花点点。

难道我不是个无情的傲慢之人！

　　难道不是我像个懦夫，向她招认，

我羞愧于我的爱情！

　　我羞愧于我的清贫，

慌乱的激情已经睡醒，

　　心胸里难受地挤满了痛苦；

原谅我吧，让我走进门，

　　　　忘记我那些话语。

然而，听！……又是怀疑！……

　　　　难道是恶风？

难道是老鼠？难道是邻居？

　　　　不是！那么是谁这样长吁一声？

只有死亡的吁叹

　　　　如此沉重，如此悲惨——

如果她自杀身亡，

　　　　那可怎么办？

唉！谁都没有教我们

　　　　爱和希冀，

而毒药和幼小的孩子们，

　　　　却能获得胜利。

我仿佛看到她的尸体，

　　　　暗淡无神的双眼，

含着痛苦的责备，

　　　　含着凝固的泪点。

我哭泣，我意识模糊，

　　　　我看见了亲爱的幻影，

恰似这个灰色的日子，

　　　　白扑扑，冷冰冰。

昏蒙蒙的天宇

　　　　一边弥散着黑暗，

一边从那打破的窗户，

　　　　凝望着昏暗的顶间。

雨水顺着水槽咕嘟咕嘟奔去，

　　　　恰似野兽，风在哀嚎着，

管院子的人们适遇

　　　　要破门而入的我。

他们认出了以前的房客，

　　　　并且，不同寻常，

嘿嘿笑着，告诉我，

　　　　那个房间已空空荡荡……

从那时起，我魂魄俱丧，

无论我走到哪里，

一切皆空，一切皆凉……

有些东西，已无踪无影地消失……

1888 年

天　鹅

琴弦奏响——花园中
　　篝火熊熊——人群往来穿梭——
只有风儿入睡，夜的苍穹
　　漫漫黑暗深锁；

绿悠悠的池塘黑暗漫漫，
　　密丛丛的芦苇也黑色摇漾，
那里一只可怜的天鹅痛苦不堪，
　　在夜的寂静中悄然隐藏。

至死，它都没有看到——
　　这被驯服的孤僻者——
焰火在它上空盘旋升高，
　　又在它的上空四散陨落；

没有听到，小河的潺潺湲湲，
　　靠岸的溪流汩汩流淌，
它合上双眼，
　　想象着高过乌云的飞翔：

在辽阔无垠的天空，

　　它高高地飞翔，

辽阔无垠的天空

　　使它灵气十足地歌唱！

唱出了它向人隐藏的

　　一切，神圣的一切，

那边传来一群白天鹅

　　亲人般的回声喈喈。

会有那么一刻——他还在憧憬：

　　吸气——振翅凌云，

并且它那自由的歌声

　　将宣告黎明的降临。

但翅膀一动不动，

　　脑海里歌声变得模糊：

没有飞翔也没有歌声，

　　它在昏暗中悄然死去。

微风吹过芦苇丛，

苇叶沙沙作响……

而周围的花园中，

　　籁火熊熊，琴弦欢唱。

1888年3月12日

纪念迦尔洵[1]

瞧，就在这里他坐在窗子边，
不声不响，愁眉苦脸：
他的灵魂病了——他好像
由于寒冷而蜷缩成一团，
心不在焉地观望，也不打算
对我表示异议，而我极力
安慰客人，却未能如愿。

也许，他渴求的不是慰安，
而是治愈信仰；
但哪里能获得信仰？！"上帝"一词
没有来到我的嘴边，
祈祷那能治病的力量，
对我们两人都没有意义，
而且他对我所有的话语，

1　迦尔洵（1855—1888），俄国19世纪天才小说家，代表作品有《四天》《红花》等，因精神病发作跳楼自杀，受伤未死，后因伤在医院去世。本诗为曾思艺译。

就像坟墓，处之漠然。

就像受伤的小鸟，他
伏在地上，早已不指望飞翔；
而我开导他，以便他
挣脱日常生活垃圾的罗网，
奋力冲飞到广阔的空间——
畅享远方山山岭岭的凉爽，
飞进密林深处，飞向田野或海洋，
那里人类在同自然的斗争里，
能够勇敢地直面自己的悲伤，
而不考虑他们自己……

他用发红的眼睛，
看着我的眼睛，用手捂住脸孔，
切切实实地开始痛苦的哭泣，
哭得就像个孩子。
那是无声的泪水，
那是莫名的伤悲，
那是没有梦想的叹息——

在爱情和空虚之网里，

被嫉妒的命运之魔掌操纵，

他已无法掌控自己；

他既不能特立独行，

也无法与人们保持一致。

于是我心想："哪里是诗人？简直是生病的孩

子！

难道说在你的命运里

真有某种恶毒、致命、

不可战胜的东西！……"

从那时起，过了好多时日，

我从他的朋友那里听见，

他打定主意要远行，

并且明显地更加欢愉；

可冷酷无情的命运，

却让他等来陡直的楼梯，

并把他从那里扔了下去——

　　　　奇怪的落地声猛然响起……

嘭的一声，他就摊开四肢，

筋断骨折，奄奄一息，——

那些红色的梦，

飞快地将他带进另一国度。

没有叫喊也没有怨恨，

他离开了我们这病态的乐土；

这乐土并未让他感到高兴——没有！

在他眼里它是个玻璃温室，

没有高傲棕榈的立足之处，

那里不结果实的花开得如火如荼，

那里被捉住的憔悴鸟儿，

不再相信自己的翅膀，

透过黑乎乎的玻璃框，

透过腾腾蒸汽的浓烟，

天才徒劳地急欲冲出，飞向乐土，

飞向田野，飞向橡树，飞向蓝天……

1888年3月28日

针叶林中

树林全身松香四溢，
仿若香炉冒出袅袅细烟，
树林散发出长期郁积的腐烂气息，
呈现出一个崭新的春天。

老松树树皮流出的
松脂，就像一滴滴眼泪，
松树全身都刻满了
刀砍斧劈的累累伤痕。

我爱这些伤口散发出的
有益健康的树脂香气，
在这暖融融雾蒙蒙的清晨，
我敞开心胸尽情地呼吸。

我也曾如此伤痕累累——
那是内心和灵魂的伤痕，
也曾散发出那样的腐烂气息，
呈现那样一个新春……

1888 年

对于温柔热恋的心儿……

对于温柔热恋的心儿，
　　那些吻比所有的奖赏都香甜，
从胆怯、迷人的双唇间偷偷地窃取，
　　又轻轻悄悄地把它们返还。

盲目的力量使我们双宿双飞，
　　极乐的甜蜜毒素使我们的理智昏昏然；
盛满眼泪和忧伤的有毒酒杯，
　　从迷人的双手递回到我们手上。

并非所有人都能用友谊的清醒之水
　　冲淡爱情的醉人饮料，
亦非所有人都能与曾经年轻的女友品味
　　这饮料直到终老。

1888 年

干旱时节

炎热使万物口渴似火，疲惫不堪；
万物都在大声疾呼：雨啊，雨！
万物心花怒放：太阳被烟雾遮暗，
蒙蒙昏黑弥漫了大地。

乌云像厚厚的幕布缓缓移动，
仿佛要给我们带来暴风雨，并且灰尘乱卷，
从绿漾漾的森林中，
把凉爽吹向田原。

烤干的黑麦秆沙沙声一片，
尘土落入灌木丛，——
可只有雨滴几点，
孤单单地降自高空。

雨啊，雨啊！……莫非
隆隆雷声会欺骗我们，
地里的庄稼不再挺身扬穗，
森林也不会洗濯一新？

唉！雷雨开了个恶毒的玩笑，

雷的狂笑响彻了大地！……

一滴雨对我们有何功效！

在这炎炎酷热中一滴雨有什么意义！……

一大块携带闪电的乌云

飞过了森林，——

谁都不会向它谢恩，

而只责备地望着天庭。

乌云远去了！……哪里有战胜邪恶的胜利？

哪里有胜利的欢庆？到处依旧是炎热称霸——

甚至连可怜雨滴的痕迹

也一丝都没留下……

1888 年（？）

路途上

赶上了阴沉的黑夜，

    路途上杂草遍地……

河面上传来寒气，

    蒙蒙迷雾中水珠暗滴。

似乎在那边——远处

    在这些乌云下方，

在河对岸——有颗火星

    在忽闪忽亮……

似乎在那边某个地方

    有声音在灌木丛震响……

传入我耳中的，

    究竟是歌声还是铃声叮当？

我奔向河边——透过云雾

    我向灌木丛飞跑——

前面是温暖和光明，

    路途上——遍地杂草……

1890 年

波隆斯基在此地
并非没有友人……[1]

波隆斯基在此地并非没有友人，

他受到了费特的欢迎，

一个老头在另一个老头那里客居，

就是一个诗人对另一个诗人的祝福，

在对每一行诗句的推敲之中，

在这里他们的年轻缪斯

舒适地度过了整个夏日。

1890 年

---

1 曾思艺译。

在阿·阿·费特家做客

你枉自用窗帘遮着
我过夜的地方，——
崭新的太阳，绯红，欢畅，
照进了我安睡的角落。

我看到早晨的日出
那熊熊燃烧的红艳，——
任何一幅帷幔
都无法隐藏阳光的爱抚……

我那梦的角落并不窄褊，
（甚至还梦到上帝……）
唉！缪斯以群鸟的歌儿
呼唤我进入她的圣殿。

然而，作为另一种习惯的奴隶，
我渴求另一种幸福，
我未必能够加入
鸟儿们的这种此呼彼应里！……

1890年6月12日

酷 热
——一切都陷入令人困倦的寂静……

酷热——一切都陷入令人困倦的寂静——
婆娑的树影在林荫道上睡觉……
只有百合敏锐地察觉到,
大雷雨就隐藏在这酷热中。

它苍白地垂靠在阳台上——
等待着雷雨,——它可怜地沉入憧憬,
远处暴风雨淡白的幽影,
在蔚蓝的天际变得更暗……

夏日的幻想对于它已成过往,——
它还没有见识过雷雨与暴风,
它等待……呼唤……在酷热中,
它布满金色尘埃,陷入绝望……

1890 年

晚钟声声……[1]

晚钟声声……别等待黎明吧；
然而，就在十二月的浓雾里，
有时，冷冰冰的朝霞，
给我送来一丝夏日的笑意……

我灰色的日子，你悄然离去，
对一切召唤都不搭理。
一次不会没有问候的落日……
这个阴影——也不会没有意义。

晚钟声声……这是诗人的心灵，
你满心感激这钟声……
它不像光的呼声，
惊飞我最好的梦境。

晚钟声声……就在远方，
透过城市惊慌的喧鸣，

1　曾思艺译。

你向我预言灵感，

抑或坟墓和宁静。

但生与死的幻影，

向世界讲述着某种永恒，

不管你的歌唱得怎样喧腾，

比竖琴鸣得更响的是教堂的钟声。

也许，没有它们，甚至天才

也会像梦一样被人们忘记，——

世界将会是另一番风采，

将会有另一种庆典和葬礼。

1890 年

令人痛苦的并非永恒
可怕的秘密……

令人痛苦的并非永恒可怕的秘密
使理智陷入困惑犹疑,
并非能够让灵感自由而随意、
给长翅膀的思想以营养的东西。

令人痛苦的是在黑暗中也明白清晰的物事,
是我们从童年起就熟知的一切,
我们用心灵去评判它时满怀激情和爱意,
用理智去评判它时却如此残忍而不屑。

并非密密繁星使我的灵魂醉心于
冷冰冰而静寂寂的辽阔天空,
而是众多火花燃烧,即便只是其中之一,
也足以让我燃烧殆尽而心灰意冷……

1890 年

幽灵和梦境

我熄灭了灯光，夜的幽灵马上
朝我飞来，黑压压地成群蜂拥；
透过梦境我开始捕捉它们那幽灵的目光，
我看到它们黑压压地在我床铺的四周围定。

他们偷偷使眼色并耳语轻轻：
"他马上就会睡着，很快就会安安静静……
很久以来我们欣赏的都是幸福者的噩梦，——
但愿这位不幸者会做个快乐的梦。

"瞧，在我们面前，梦中的他鲜艳而青春！
他尽其所能地爱着，忐忑不安又信心百倍！……
而明天生活的严寒又会将他燃尽，
他又会深感忧郁并口是心非……

"又一个亮丽的白天，一大早他就以自己的回
归重新
打开邪恶、仇恨、丧失和痛苦的深渊，
就会唤醒因淫乱而疲惫不堪的富人，

还有那些穷人，他们喝着酒，为一戈比而争论

正酣……

"而我们将迅飞进黑夜，它被活着和死去的

一代代人的梦境和幻想所遮压，

幸福的幻影将与我们一起疾飞而过——

恰似春天欲望枝头那凋萎的花……"

夜半听到的幽灵的这些话语，

惊扰了我的睡梦并使我起床，

我伸手将烛光重又点起；

幽灵离开我到角落里躲藏，

他们蜂拥向窗口，并且奔向门槛，——

灯光下，我看见它们微微战栗，

但我写的它们早已看不见，

而我还记下了它们那含混不清的低语。

1891 年 2 月 20 日

当你的幻影进入
我们黑漆漆的花园……

当你的幻影进入我们黑漆漆的花园，

面色苍白，焦躁不安，你诉苦诉冤，

声音发抖，——带着情不自禁的悲伤，

我倾听着你的自白，浑身抖颤，

为青春，为荣誉，为恐吓你的命运：

我真诚地相信你那悲伤的心灵。

现在，置身花丛中，你双臂高扬，

亮丽地站着，仿若五月一道亮丽的风景，

并且欢笑着，观望着，在静候恭迎……

你的目光里闪烁着狡猾的希望，——

请原谅，我不相信你的心灵——不相信——

我想说——却缄默不言，我笑着——却假意假

情……

1891 年

不要背负着诗人的
沉重十字架……

不要背负着诗人的沉重十字架，

　　在集市上向野蛮之人祈求怜悯，——

别祈求，也别召唤他们到神圣的庙塔，

　　别与他们一起供献祭品。

请你做渴求真理者自发的回声，

　　不要颂扬无所顾忌的激情，

也不要为了亮灿灿的黄金，

　　向时髦的虚荣出卖诗韵。

如果平民蠢笨无知，没有要求也没有渴盼，

　　如果贵族——对恶冷漠的贵族，

像举着战利品一样高傲地举着自己的锁链，

　　你要记住，诗人不会为他们唱歌作赋……

1891 年

深夜……他来到……

深夜……他来到
她的门口，气喘吁吁：
他是否犹疑彷徨以致身心疲惫？
他是否心急火燎却还是晚到一步？……

摘下帽子坐下，面色苍白，
他朝上凝望着她的窗户，
并静静地凝神细听，
像说梦话那样自言自语：

——可爱的天使！请你放心——
我决不会把你的门敲……
即便看到你油灯发出的光，
我激动得发疯——我也只会祈祷……

我这祈祷，是为你
还是为我自己，我一片迷茫。
我既不相信你的眼睛，
也不相信油灯，也不相信星光，

须知它们，所有这些星光，

就像你那蓝晶晶的双眼，

灼灼闪光，并看透心灵——

还说着一片谎言……

须知它们，所有这些星光，

任何时候也不会给我指明，

是谁眼下在你窗前闪现，

并且熄灭了你的油灯。

也许这是月光

在你的窗前飞快掠影？……

也许这——只是夜间的幻想，

炎热的寂静中的沙沙声？

也许这是栅栏旁，

微风吹动树叶沙沙响？

不！……我听到了恋人的笑声，

在我可笑的眼泪之上。

于是，像影子，他登上

她的门槛，气喘吁吁：

他是否犹疑彷徨以致身心疲惫？

他是否心急火燎却还是晚到一步？……

1892 年

回　答

你问：为什么

一切发展成这样并如此渺小，

我们又为何不可能不

意识到自己地位崇高？……

不，我就是沧海一粟——

是车轮上的一根辐条，

车轮本身并不知道，

也无法回答——即使你问，

为什么它在尘土中飞奔，

绕着自己的轴心旋转……

为什么用自己的铁轮毂

把世间的道路压碾，

它沾满了泥浆，

黏糊糊的黏土弄脏了辐条，

为什么车轮意识不到

自己运送的是谁？

是谁抓住缰绳——谁是赶车人？

是谁的眼睛从高处观察，

马车往哪里飞奔？

套的是什么马？

1892 年

空剑鞘

对于复仇者的呐喊，
诗人从不拔出自己的宝剑。

———莱蒙托夫

没有锋刃，剑鞘空空如也，——
谁会需要你们？……难道那些急奔
战场，在这不幸时刻，
告别亲人的人会想起你们？
无情短剑的
剑鞘——你的剑把在哪里？
你的剑身在哪里？……
也许，剑鞘上就刻着
古老东方的印记？

你残酷的锋刃曾刺进
谁的胸膛，并嗜血如命？
而你——剑鞘呢？……哪位英雄
将你割下，在那战场，
从被打死的英雄的皮带上，

并且在致命的子弹下丧命？

你引以为豪的锋刃

从哪些部落斩获贡品？

谁的权力让你周身

饰满了圆亮的宝石

和镀金的白银？

现在已经无人能从黄金下

拔出你的宝剑，

用来复仇和邪恶的毁灭：它，

是每一个敌人的武弁，

它已永远与你各奔天涯。

那曾经可怕的剑鞘，

请让你的鞘壳绽放光芒！

我十分高兴你被宣判

成为古董商娱乐的东西，

或者成为墙上的美丽家装。

那道金灿灿的刻纹，

是古兰经的诗行，暗示

对天国圣母的盲目信心，

这些诗行让自己征服了东方？——

剑鞘啊——你空空如也，

　　　　　但是诗人

不需要复仇的刀剑！

哪怕鲜血淋淋，他也会赤手空拳，

沉默不语，或像先知一般呓语连连，

也许是不由自主地呓语连连——

由于旧伤，由于新痛，

由于我们力所不及的斗争，

由于痛苦，由于愤懑，

由于毫无希望地找寻

另一种能获解救的命运……

1892年

在黑暗中

我独自醒来——凝神谛听细察，
四周是无底的黑暗——哪里都没有一星火光。
我听到，心灵像酒醉一样狂跳……我觉得可怕……
但愿我没有双目失明！那就什么也看不见漆黑
一团，
无论是自己，无论是窗户，还是墙！……
突然，透过这听而不闻、毫无回答的黑暗，
在被窗帘遮住的窗户外面，
我吃力地辨认出一块模糊的光斑——
夜空的光亮……一个带状的光斑，
就这一点点已足以使人明白，
我还没瞎，并且就在这黑夜茫茫，
一切的一切都预言般地充满了寒光，
以便让我们能够等待温暖清晨的到来。

1892年12月28日

入新房

自从在教堂举行了婚礼仪式，
命运就把他们的心也连在一起，
他把头戴婚礼花冠的她领进新房里，
卧室里装着明亮的镜子。

轿式马车在徐徐回归，
他们两人都感到可怕：
他——脸色苍白憔悴，
她——美丽如同半开的鲜花。

不是冬天的寒冷——而是她不习惯的戒指
那黄灿灿的光纹，
从她那无神的脸儿
驱走了迷人的红晕……

轿式马车在徐徐回归，
寻常劳碌的成果——
花束里美丽的温室花卉，
与她一起瑟瑟哆嗦。

——幻想啊，你们都飞向了何方？！——
恶灵在对她悄悄耳语……
车轮轧在雪上吱吱作响——
风儿又——清除它们的印记。

暴风雪并非枉自爆发，
灯光并非白白变得暗淡；
他等待着欢情——她却害怕
活到清晨红霞初现。

仿若希望——仿若自由
挣脱了镀金的锁链，
仿若死亡——那是她心头
早已隐藏的离婚的预感。

1893 年

死 亡

啊！……他们在交谈……只有眼泪

能阻止他们说完，

他们说，你这个受难者已然没有希望，

你已经无法再活在人寰……

首先，你的朋友们

毫无疑问地推测到实情，

是我来了并站在你身旁，——是的，是我——

你生命的幽灵——

大自然无生命的黑暗，

谎言的结束者——痛苦的终结者——

你的幽灵——死亡——是的，就是我！……

无论你是谁，天才抑或笨蛋，

请把你热爱的一切忘舍。

我来是为了熄灭

你胸中即将燃尽的火焰。

别思考，别祈祷，别后悔，

也别希望，别遗憾，

毫无知觉地死去吧，

就像你的双眸渐渐黯淡无光……

——不！不！还不到时限——

在失去知觉前，或者在你那双

权力无限的手还没有沉重地紧压在我的胸口

时，

我要尽力摆脱恐惧，

颤抖地望着你的双眼：

里边是什么？无底的漆黑一片，

还是上帝愤怒的暴风雨？

请让我的理性死亡！

我将前往的地方

怎会需要它？——不是理性，而是心灵

害怕那最高审判……

就让毫无知觉的肉体

成为你的财产：

请拿走它；它一旦成为你的，

就不再属于我的财产……

你到底是什么样的？——幽灵；竟让

整个生命成为幻影；并且这个幻影

躲避光明——而且看不见

没有尽头的日子的微微闪光……

我曾经如此地仁爱

并且没有致人死命的空虚，

我要么永恒，要么完全相反，

对此只有我知道，而不是你。

是的，你是可怕的！身不由己

我在发抖；但当我最后一次

悄悄地呼出一口气，——

我们就会永远各奔东西……

1896 年 7 月 31 日

如果死亡是我的亲娘……

如果死亡是我的亲娘，
我就会像生病的可怜孩子，
熟睡在她的怀里，
并且忘记了俗世的仇恨满腔，
也忘记了自己。

但她——并非母亲，她——纯属异己，
她粗鲁地复仇，向敢于生活的人，
敢于思考的人，敢于痛苦地去爱的人，
并且从永恒上撕下表皮，
不让我们忘记过去的时辰。

1897 年

从摇篮时起就既有爱
又有恨……

从摇篮时起就既有爱又有恨，

生活中有许多眼泪流淌；

可它们在哪里——那些热泪滚滚？

飞走了，飞回到生活的阳光。

如果我一旦发觉，

生活的阳光在何方，

为了找到我为之痛苦的一切，

我是否会跟在痛苦的眼泪后边飞翔？

1898 年

一切我还没能全都看到……

一切我还没能全都看到……

　　如今我能做的只有一件事：

闭上双眼，爱与恨都属徒劳，

　　一切朦胧不清——仿若在梦里！

1898 年 8 月

附录　波隆斯基

【苏】И.穆希娜著　马琳　曾思艺译

波隆斯基的创作之路始于19世纪40年代的困难时期，时处两个文学时代的交界处。

那时我们的文学

毫无希望，到处都死一般沉寂：

普希金已魂归天界；

读者对他的爱也成陈迹……

没有一双强劲的手，

能指引我们前方的道路……

涅克拉索夫在《混乱的时代》中这样写道。

一

雅科夫·彼得罗维奇·波隆斯基，1818年12月6日（俄历18日）出生于梁赞市。他的父亲是一个并不富裕的贵族，他没能完满地结束职业生涯，也没有给孩子留下什么显赫的社会地位。

波隆斯基在暮年所著的回忆录《往昔与我的童年》中极其细致地重现了他人生初期的生活细节。作品中，19世纪最初25年间俄罗斯省城那些早已过去的日常生活面貌像电影镜头一样缓缓地展现出来。通过细致的描述，作者为自己也为所有的读者展现了那段"逝去的时光"。

"小孩子喜欢什么或者讨厌什么，习惯什么或者回避什么，是害怕还是高兴——他按自己的方式来观察一切；但是，是他独自下结论的吗？——为什么恰巧喜欢的是自己的妈妈……而那些所有最初的感觉和印象，便会默默地对他的性格以及人生产生影响。"

机灵、敏锐的心理学家是这样一种人，他们内在的成长不会随着生命的结束而停止，就像波隆斯基一样，他诚恳地教授给晚辈们他的感受是怎样产生进而成熟、他人性中的"我"是怎样逐渐地从周围环境和大自然中凸显出来，从而清晰可见，以及他的自我意识是怎样发展的。阅读回忆和往事能够帮助我们走近和理解诗人的个性，也能让我们更深地理解他抒情作品中的独特性。

从诗人的回忆中我们可以知道，他初期诗歌创作的尝试是在梁赞中学读书期间开始的。1838年，他进入莫斯科国立大学法律系后，其诗歌天赋很快就显现出来。19世纪40年代初，他就开始在《祖国纪事》和《莫斯科人》上发表诗歌。1842年，他加入学生刊物组织《地下泉》。两年之后，他的第一部个人诗集《音阶》出版，库德里亚夫在《祖国纪事》中对该诗集大加赞许。波隆斯基把自己的诗集寄给了亚泽科夫，亚泽科夫十分友好地给他回复：

> 感谢你可爱的礼物，
> 请接受我回应的一片至诚！
> 你的诗闪耀着力量的光芒
> 和青春年华的热情，
> 甜美芬芳，满蕴明净的思想；
> 哦！吟唱吧，迷人的诗人，
> 请珍惜你深邃的心灵中
> 那纯洁而美妙的梦想……

1844年春，波隆斯基大学毕业，他面临着对未来生活的选择。艰难的经济状况使他不得不考虑工作。在多方考虑之后，他决定去奥德萨，那儿有朋友答应帮忙给他安排工作，于是波隆斯基动身前往南方。当年秋天，他到达奥德萨，但不幸的是，工作进行得并不顺利。

在奥德萨，波隆斯基结识了许多富有同情心的、有趣的人士。他的第一处安身之所是黎塞留夫斯基法政中学高级讲师 A.A.巴枯宁的一套住宅，这位巴枯宁是莫斯科斯坦凯维奇小组的活跃成员米哈伊尔·巴枯宁的亲兄弟。

诗人亲切地接待了普希金的兄弟——列夫·谢尔盖维奇，带他"到自己这儿吃饭并为他斟满了香槟酒，但这位二十岁的公子哥儿却无法理解四十岁的公子们"——后来，波隆斯基把这段会面写进自传体小说《廉价城市》中，即主人公叶拉托姆斯基和 Л.С.普希金见面的情节。但是，不管怎样，与列夫·谢尔盖维奇的相识仅仅以香槟酒来纪念是不够的；从列夫·谢尔盖维奇那里，波隆斯基知道了他哥哥悲惨境遇的详情——那一年普希金还并未广为人知；回想起自己与列夫·谢尔盖维奇关于普希金的谈话，波隆斯基写道："……列夫·谢尔盖维奇告诉我许多关于他哥哥的事，他几乎每周都来我在奥德萨的住处，他对我所展现的友好使我感到非常愉快。'我的哥哥，'他说，'在舞会上第一次从阿列克谢·费多洛维奇·奥尔洛夫伯爵那儿听说关于宫中低级侍从的事。这使他狂怒至极，以至于他的朋友要陪他到伯爵的书房，在那儿想方设法让他平静下来。真是找不到合适的词汇来再现当时的一切——一位怒气冲冲的诗人口沫横飞地说着关于他任命的事。'"

关于诗歌，他说："列夫·谢尔盖维奇·普希金朗读诗歌很出色，并且向我介绍他已故的哥哥亚历山大·谢尔盖维奇是怎样朗读的。由此我推断，普希金在读自己诗的时候，是像唱歌似的拖长声音，似乎希望把诗歌中所蕴含的悦耳的音乐传达给自己的听众。在当时的诗歌界，人们把这种响亮的韵脚看作是一种幸福的发现，并且不止一次地去拜访普希金，为的就是把这样的韵脚，像'柳树的阴影——田地里的一町'传达给他。

"列夫·普希金不止一次地预言我会在诗歌领域取得成就，——甚至把他已故哥哥的公文包赠送给我，"——1886 年 8 月，波隆斯基在自己的日记中这样写道。

波隆斯基同奥地利当地的领事 Л.Л.古特曼斯达尔（Л.Л.Гутмансталь）以及领事的妻子玛丽娅·叶戈罗夫娜建立了良好的关系。而玛丽娅·叶戈罗夫娜是茹科夫斯基的侄女——儿童作家 А.П.尤什科娃-桑塔格（А.П.Юшковой-Зонтаг）的女儿。在关于 М.Е.古特曼斯达尔的一首诗中，诗人写道，在南方他"找到了品性善良、幸福、平凡的人"。在这个充满友爱的房子里，受到茹科夫斯基诗歌强烈影响的、年轻的波隆斯基能够从内心"走近"住在国外的瓦西里·安德烈耶维奇，这一时期桑塔格（А.П.Зонтаг）独自一人住在奥德萨。

波隆斯基在奥德萨的生活成为联系过去与现在、联系俄罗斯诗歌"黄金时代"与过渡的40年代的一个环节。

带着强烈的好奇心，诗人去了忙碌又杂乱的奥德萨。在《骑马闲游》这首诗中，诗人描绘了一个嘈杂的南方城市：所有的窗户大开、街道上到处是半醉半醒的人。郊外也是这样的景象：一群虔诚祈祷的老妇、放风筝的孩子、年迈的残疾人。诗中的小人物展现了人们的人性、思想、情感最真实的一面。《骑马闲游》这首诗也描绘了城市美丽的风景：绿色的草地、蓝色的山顶。"感受不到强烈的目光，只有我敏锐的耳朵在听，有如呼吸，有如露滴……"

艺术家波隆斯基非常热爱自由与光明，无垠的、耀眼的地平线，令人陶醉的、南方的傍晚，这种景象美不胜收。"我的心境如此广阔！"诗人的这声呼喊表达了其对自由与无拘无束的向往。可以说，这座南方城市给予了他创造力。自《骑马闲游》这首诗后，波隆斯基的创作发生了转变。不过，奥德萨时期的诗歌还感觉得到拘谨、"不成熟"，有模仿性的因素。《1845年诗集》由诗人的目光短浅的友人出版后，受到了别林斯基的严厉批评。

敖德萨总督米哈伊尔·谢苗诺维奇·沃龙佐夫于1845年接到新任命——晋升为高加索总督。因此许多想在梯弗里斯供职的官员紧随沃龙佐夫来到了高加索，波隆斯基也在其列。在梯弗里斯，波隆斯基在总督办公室及《南高加索通报》杂志编辑部任职。

在格鲁吉亚的首都，波隆斯基与许多作家、艺术家和演员密切来往，其中包括作家弗拉基米尔·亚历山德罗维奇·索洛古勃，艺术家格里戈里·格里戈里耶维奇·加加林、被流放的波兰诗人拉达-扎布罗茨基及梯弗里斯大剧院的演员们，波隆斯基还为这个剧院写过一部历史剧《伊麦利京人的女皇达列日娜》。尽管米哈伊尔·谢苗诺维奇·沃龙佐夫曾为该部戏剧进行辩护，法院第三分院仍不允许这部戏剧在首都剧院和梯弗里斯大剧院上演，直到1852年，在经过书刊检查机关的歪曲改动后，才破格允许波隆斯基的戏剧在《莫斯科人》上刊载。

波隆斯基曾在高加索地区一连数月奉职出差，收集边疆地区的统计数据资料。他的这些旅行经历也成为其发表在《南高加索通报》上具有民族特色的文章及随笔的素材。

高加索令人心旷神怡的空气、惊险陡峭的山路、充满神秘色彩的东方习俗，这些与波隆斯基之前遇到的一切都那么的不同，还有格鲁吉亚悠久的文化气息——所有的这一切都让诗人的诗歌创作灵感飞向顶峰。几年之后，1849年，波隆斯基发行了一部关于高加索的诗歌集，其中记载了高加索的历史与文化现象，也描绘了这个热爱自由的民族的风土人情。在这本诗歌集的序言中作者写道：

"外高加索的歌手〔《Сазандар》——格鲁吉亚词，鞑靼语译为《ашик》，俄语译为《певец》（歌手）〕绝大部分都是穆斯林，其曲调也类似于在吟唱自己或他人的诗歌时的奇阿努里琴和手鼓发出的旋律，很少有人把这些歌曲写下来，也从来没有被发表过。希望我的读者不要再挑剔我推荐的自己的诗歌集里那些适宜或不适宜的响亮名称。在这个小册子中只有12首诗，其中包含的不仅仅是作者个人对世界的见闻，也包含了作者在高加索特别是在格鲁吉亚的许多生活观感。"

后来，波隆斯基离开了梯弗里斯。1851—1853年他满怀着对高加索不可磨灭的感受，继续写着能够引起对格鲁吉亚历史与文化追思的诗歌：《萨达尔》《萨亚特-诺瓦》《塔玛拉与她的歌手寿塔-卢斯达维里》《双唇的选择》《在伊麦列京人中》《老萨赞达利乐师》等。

在诗歌《老萨赞达利乐师》中形成鲜明对比的是两个诗人和两种诗歌中不同的世界观。热爱生活的老乐师被诗歌中的友谊、爱情和力量等浪漫主义的信念所鼓舞；而年轻的乐师则一直陷入反思之中，他对生活的抱怨恰恰同波隆斯基的思想形成了共鸣。

《老萨赞达利乐师》和《萨亚特-诺瓦》《塔马拉与她的歌手寿塔-卢斯达维里》这两篇诗歌属于同一系列。

在这些充满激情的诗歌中包含了热情洋溢的情境，例如诗人的爱情、演员的高尚、被拒绝的荣誉称号、蔑视世俗观念等。不管是《萨亚特-诺瓦》，还是《卢斯达维里》都歌颂了纪念诗歌的爱情，也创作了纪念爱情的诗歌。

在高加索系列诗歌中，忠于人性和地域情调被融入了建立诗歌情境生活的启示当中。

波隆斯基生动地感受到了时代所要求的潮流，同时这一潮流也在19世纪40年代开始创作的年轻诗人的诗歌中起着主导的作用。在这个时代"自然派"具有特殊的意义；在果戈理和年轻的陀思妥耶夫斯基的创作中，在屠格涅夫的《猎人笔记》中，在描写风土人情的小说和随笔中，在速写《彼得堡的角落》中都能清晰地看到文学靠近生活的渴望。

波隆斯基诗歌的抒情基础以特写的、"自然"的现实素材为背景。在抒情性叙事的框架中，它有时是写生画、抒情曲、戏剧或者"短篇悲剧"。诗歌《车铃》中的情节就是以一个悲苦女子被对其不忠的爱人抛弃的悲剧故事为基础的："啊，什么时候啊，我的爱人才能来到我身旁……"从简陋的木屋旁跑过的"三套马车的疲惫马儿"就是与女子擦肩而过的命运的化身。也难怪陀思妥耶夫斯基会在《被侮辱与被损害的》中对波隆斯基的这首诗予以格外的关注，并将其情节与伊诃蒙涅娃（Ихменева）戏剧的构思及表现形式作对比。陀思妥耶夫斯基的主人公伊万·彼得洛维奇和娜塔莎有这样一番谈话。"'我一直在等你，万尼亚，'她再一次笑着开始说道，'你知道我刚才做了些什么吗？我在这里辗转徘徊，背诵着那首诗：还记得吗——车铃、冬天的小路，我的茶炊在沸腾喧哗，……'"我们还曾一起朗诵过：

> 暴风雪平息了……道路被月光照得通明……
> 夜以千万只昏暗的眼睛凝望……

接下去是：

> 突然我听见——激情盈溢的歌唱，
> 和谐地伴着叮当的铃声……

多么美妙！多么伤感的诗，万尼亚！多么富于想象力，意境多么深远。就像一个十字布，刚刚绣上了些花纹——你完全可以按照自己的意愿去绣……'我病歪歪地行走'……'病歪歪'这个词用在这里是那样恰到好处！'无人怜爱无人斥责'——这句诗里包含了多少柔情，多少回忆的苦楚，还有那些自己寻来又自我欣赏的烦恼……你细细地感受一下，天哪，这诗多么美妙！多么醉人！'"

二

1851年6月，波隆斯基离开了高加索。

你，高加索，是我们英勇的土地，
到处是无法攀登的重峦叠嶂——
你，是我们闷热的石城梯弗里斯，
再见吧，格鲁吉亚灿烂的阳光。

（《写在高加索途中》）

看望了身在梁赞生病的父亲后，波隆斯基很快去
了莫斯科，之后又从那里去了圣彼得堡。在首都他开
始了艰难的生活。后来，在1887年，诗人写信给费特
说："50年代，我住在彼得堡，过着贫穷的生活，我靠
着每月在《彼得堡公报》发表4篇杂文从克拉耶夫斯基
（Краевский）那里拿到五十卢布生活费——这还要感
谢命运。尼古拉一世在位期间，写作根本就是不可能的，
书刊检察机关彻底破坏了写作，我那毫无恶意的小说：
《春天的雕像》和《Груня》（格鲁尼娅，女人的名字），
以及其他的作品都被书刊检查机关禁止发表，诗也被删
减了，本应该为每个词和他们去抗争的。但我根本不可
能在这种斗争中'收复失地'——因为作家是被列入监
视范围之内的，人们建议谢尔宾纳在谈论中不要用到黑

格尔和谢林的名字；否则人们将会对你表示不赞同，你什么也得不到。波戈金、霍米亚科夫、克拉耶夫斯基、萨马林，他们也都被怀疑过——语言上的怀疑，我在50年代就是过着这么可怕的、沉重的生活！"

波隆斯基渐渐在首都文学圈中占有了自己的地位，交际圈也在逐步扩大。

舍尔古诺娃回忆说："米哈伊洛夫和波隆斯基曾在一起和睦地生活。"舍尔古诺娃忠实的叙述，对于深入研究19世纪中期以来波隆斯基的生活态度很有帮助。波隆斯基和果戈理、舍尔古诺夫一家，以及米哈伊洛夫建立了深厚的友谊。当有艺术天赋、热爱生活的舍尔古诺娃和敏感的诗人米哈伊洛夫亲切地、创造性地"奏出和弦"时，波隆斯基痛苦地感受到自己在文学之路上的孤独和无助，在这条道路上，既没有志趣相投者的支持，也没有崇拜者的关注。内心对舍尔古诺夫和米哈伊洛夫诗歌的喜爱，以及与这些杰出人物间的友谊，在很大程度上促成了波隆斯基创作特点的形成。

在1855年的作品集中，波隆斯基把一首叫《在风暴中颠簸》的诗献给了М.Л.米哈伊洛夫。这首诗已经在《读书文库》月刊发表过。А.А.勃洛克后来在写给波隆斯基的信中提到了这部作品，"从很小的时候开始，我的脑海中就经常涌现与某个名字有关的抒情情感。留在我的脑海中的是波隆斯基的名字和对他这些诗行的第一印象：

> 我梦见：我风华正茂，激情盈溢，
> 我在热恋，梦想翩翩……
> 一片舒爽的寒气
> 　　从清晨起就弥漫了花园。

这首诗对勃洛克的诗《我风华正茂，激情盈溢，沉醉爱河……》有着直接影响。

献给米哈伊洛夫的诗歌《在风暴中颠簸》——是友谊的象征，是坚持不懈、富有情感的投入，是为其他人带来的一种艺术奉献。当时这首诗曾受到来自高加索的作家朋友们的强烈批评。由于读者、听众和批评家们的漠不关心，使得诗人不被理解，心情沉重，这些总有一天会被人们了解到的。但是这首诗所充满的深深痛苦完全不会在《老萨赞达利乐师》这首诗中出现："诗歌带给我不安，然而没有人注意倾听诗歌。"米哈伊洛夫，精细敏锐的鉴赏者和诗人，海涅的翻译者，成了波隆斯基友善的关注者。随着米哈伊洛夫的影响，波隆斯基显而易见地对德国诗人的创作和浪漫主义式的对周围世界的理解产生了兴趣。海涅的传统在《坏死人》《我读过那本歌集……》《阳光下的王国》中可以看到。

诗歌《在风暴中颠簸》，显然起源于普希金《阿里翁》的诗歌传统，诗中诗人隐喻十二月党人遇险："舵手和会游泳的人都已遇难——唯独我，神秘的歌者，以迅雷之势奔向岸边"，在波隆斯基的作品里描写的是他亲身经历的真实事件，并把它发展为一种诗歌象征，信赖船的诗人在暴风雨时做起了"金色的梦"。勃洛克在《卡门》组诗之一中说道："在风暴怒号中发现了与之相适应的和谐韵律，看到了创造性的梦。"他高度评价了《在风暴中颠簸》，从音差的角度探索出准确乐声和纯粹的艺术音符，这些带给波隆斯基诗歌的后继者们以独特的专业享受。波隆斯基的"金色的梦"是创造性的梦；回忆起生命的春天使诗人心旷神怡，灵感展翅飞翔，自由自在。

但暴风雨常常会侵入幻想和美梦。

我一觉睡醒……发生了什么？——
"船舵折断；波浪嗖嗖，
从船头滚滚扫过，
卷走了水手！"

深深意识到与自然元素，与无边无际的深邃大海——他把俄罗斯比作它们——的联系，波隆斯基不能不感到常见的二律背反——诗人的心境、诗歌、国内社会气候与自然状态的相互依存，风暴所具有的本意和转义："莫非我的激情掀起了风暴！可同风暴抗争，哪能由我主导？……"像巴拉丁斯基、丘特切夫和费特一样，波隆斯基专心研究、思考、聆听人类和宇宙间的相互关系。自然，丘特切夫的话和思想也与波隆斯基的相似：

> 为什么要有这种不协和？
> 为什么在万物的大合唱里，
> 这颗心不像大海一般高歌？
> 或像芦苇那样低语？
>
> （《"在海浪的咆哮里……"》）

在丘特切夫的风景抒情诗中存在着不可避免的人物与景色之间的不协调，他抒情作品中的主人公很少提及"不熟悉的，超出认知范围之外的"现象。而波隆斯基的风景抒情作品中没有固定的、明显的不协调感；只有在悲剧的、极端的情景中，大地与天空才会被他描绘为敌视的、对立的（《疯狂的痛苦》）。但是在他其他的诗歌作品中主人公与景色形成一个独特的、抒情式的、水乳交融的情景，完全地相辅相成。

> 夜莺在幽静的花园中歌唱；
> 池塘边微弱的火苗缓缓熄灭。
> 夜晚如此宁静——而你，看上去，并不开心，

我俩之间还剩下什么连结？

……

我的话语泄露出激动与焦急……

也许聆听夜莺的歌声反而会更愉悦，

因为夜莺不会

爱，误解，悲切……

（《最后的谈话》）

作家欣赏着这迷人的夜色，沉醉在月亮那银灿灿的光芒和磷光荧荧的光线中。在高加索居留期间，波隆斯基的眼光变得更加敏锐，作品中的表现手法也丰富起来。诗人在写给 Л.С.普希金的诗体书信中写道："梯弗里斯对于彩画作家是天然宝库。"难怪梯弗里斯早早就被波隆斯基写进了诗歌。

正午时分，大地被烧得炽热，

黑暗也无法使夜变得凉爽。

阁楼错落的梯弗里斯沉睡着，

群山黑沉沉的，月亮散发着热量……

（《老萨赞达利乐师》）

作家写出了夜晚空气中燥热的感觉，这种热向四周蔓延，一直蔓延到月亮，它柔和的颜色仿佛是积蓄了笼罩在南方多山城市绿色阳台上的夜色辉光。像这样突如其来的彩色的、明亮的诗学方法，对于波隆斯基这位天才的、善于细致观察周围的人、物及自然的彩画作家来说，并非偶然。

三

波隆斯基在彼得堡的生活十分窘迫。有好几年的时间他都是靠在杂志社打零工为生。1855 年，他开始在彼得堡省长斯米尔诺夫家做家庭教师。诗人被自己不得不迈出的这一步深深地挫伤了。"'家庭教师'这个词——是穷人的象征，而在彼得堡，除了贫穷的人以外，都需要家庭教师。"社会的动荡不安也影响到了他和斯米尔诺夫娜·罗塞蒂（女主人）的关系。对波隆斯基来说，和这位聪慧优雅的女性打交道，是很有吸引力的。"我不止一次感到快乐，"诗人回忆说，"每天清晨和她用整个小时的时间来讨论，听她谈论茹科夫斯基、普希金、果戈理和莱蒙托夫，同时讨论尼古拉一世的登基。"但是，作为家庭教师，他却因为亚历山德拉·奥西波夫娜令人难以忍受的性格和她易变的情绪而感到极为不开心。

1857 年的春天，诗人伴同斯米尔诺夫家前往国外，去了巴登-巴登。将处在这个现代城市而产生的忧愁在波隆斯基的长诗《音乐家山雀》中表露出来。

波隆斯基自己称《音乐家山雀》为"诗体笑话"。波隆斯基无拘束或下意识地继承着俄罗斯讽刺喜剧长诗的传统，这首先使我们想到的是茹科夫斯基的作品《老鼠与青蛙的战争》。波隆斯基作品中的男主角和女主角分别是——山雀和蝴蝶，在诗中讲述了山雀和蜘蛛之间悲喜交织的战斗；"异常凶恶"的昆虫部落不断地延续着高级动物群体的习性。这种寓言式的自然现象增强了讽刺作品潜台词的表现力。寓言和讽刺作品相结合，大概在科济马-普鲁特科夫的怪诞风格的讽刺寓言作品中隐约地出现过。波隆斯基尝试创造独特体裁的作品，在讽刺作品的表面展现了当今世界贫穷艺术家的痛苦遭遇。这部构思复杂、形式轻巧优雅的诗体叙述作品的结构中编入了夸张剧和讽刺喜剧以及寓言故事的成分，这些成分被作者以严肃而深刻的插叙方式纳入作品之中。

哭泣吧，亲爱的缪斯！你唱起歌来：
不唱"年轻人在普列斯尼闲逛"，
不唱"纺织女纺线勤不偷懒"，
不唱"伏尔加母亲滚滚流"，
给我们唱乌云突然出现，
在广阔的田地上，喧嚣的雨滴
用力地打在颤抖的树叶上……

这种悦耳动听的、涅克拉索夫式的音调有力渗透在长诗温柔而忧伤的旋律中。1888年1月1日费特给波隆斯基写信说："'螽斯'这首诗，称得上写生画和音乐。"

1857年8月波隆斯基告别了斯米尔诺夫家，前往日内瓦学习绘画。3个月后他来到意大利。然而无论是令人愉快的南方大自然，还是意大利美丽的城市，都无法驱除他内心莫名的、不知所措的感觉。

> 我重又飞奔向喧嚣的大海，
>
> > 新的码头在把我这漂泊者等候；
>
> 只是为了你，我满心悲哀，
>
> 就像流亡者失去了家乡的码头。

（《奇维塔-韦基亚》，1858）

在这些诗歌中表现出了与莱蒙托夫诗歌传统的共鸣，可见莱蒙托夫对波隆斯基的创作产生了巨大的影响。

在罗马，波隆斯基遇到了文学资助人Т.А.库舍列夫-别兹博罗德科伯爵（Г.А.Кушелевым-Безбродко），伯爵建议他去担任新杂志《俄罗斯言语》的合作主编。诗人经过短暂的犹豫后，最终同意了。

波隆斯基从罗马回到了巴黎，在巴黎他很快和十八岁的叶莲娜·瓦西里耶夫娜·乌斯秋斯卡娅——俄罗斯教堂供职的诵经士的女儿结婚了。1860年6月，这位年轻的妻子去世了。短暂幸福的经历和丧妻的痛苦在波隆斯基献给妻子的诗歌中有所体现（在另一篇序言里，波隆斯基认为和妻子的结合是个悲剧，不知道是不是他觉得妻子的早逝和他有关。他没能给妻子带来幸福），如：《海鸥》《我最好离开》《让人疯狂的痛苦》《当我爱你时》等。И.С.屠格涅夫曾写道："我不知道还有哪首俄语诗歌能像《海鸥》一样，把温暖的感觉和忧郁的情绪运用得如此协调一致。"而波隆斯基都做到了。

> 我的幸福，你就是那帆船：
> 生活的海洋用狂暴的波浪把你席卷；
> 如果你毁灭，我将像海鸥呻唤在你上面。

> 就让暴风雨带走你的碎片！
> 只要浪花还在闪着白光，
> 在飞入黑夜之前，我愿让波浪把我摇荡！

任何一个，即便是肤浅的读者，都会很轻易地发现在波隆斯基作品中所弥漫着的隐隐忧伤；这一特点是很多俄罗斯人所特有的，但是对于诗人而言却有着特殊的含义。在此过程中会感觉到对自己、对社会，甚至是对整个生命的些许怀疑；在其中还会听见那来自痛苦经历和沉重回忆的回响。

诗人加入《俄罗斯言语》杂志的经历是痛苦的。库舍列夫·别兹博罗德科（杂志出版主编）将书刊评价专栏委托给了阿波罗·格里戈里耶夫，而阿波罗对土壤派的眷恋却没能得到波隆斯基的支持。由于对杂志领导的不满，1860年7月波隆斯基辞去了《俄罗斯言语》杂志的工作。他在给费特的信中解释道："伯爵不同意我担任杂志出版工作所提出的条件。我想要么做一个对选择文章和同事有自主权力的主编，要么就什么也不做，也不败坏自己的名声。"当年，诗人进入对外新闻检查委员会工作。

四

作家感到自己无所适从。19世纪60年代初，思想斗争的急剧激化唤醒了波隆斯基，促使其对过去的经历进行总结并确定自己在文学中的位置。波隆斯基开始对历史和俄罗斯社会思潮产生兴趣，开始关注19世纪30年代到40年代这20年间的事。

这是对文学思想进行探索的阶段。斯坦凯维奇小组的哲学探究，赫尔岑和别林斯基的争论，斯拉夫派分子和西欧主义者之间的争辩，有关解决俄罗斯过去、现在和未来的基本问题的不同尝试，波隆斯基把这些年的争论、疑问和讨论及不稳定性描写在诗体回忆小说《新传奇》中。这首诗最初的版本于1861年被刊登在《时光》这本杂志里。作家试图从19世纪60年代的开端去了解很久以前的及不久以前的过去，确切地说，是19世纪40年代的历史。

在令人难以忘怀的19世纪40年代，波隆斯基与许多斯坦凯维奇那样的活动家交往甚密。其中最令他印象深刻的是诗人伊万·彼得洛维奇·科留什尼科夫，《新传奇》中主人公卡姆柯夫的形象就是以其为原型的，然而这一说法也错误地夸大了科留什尼科夫对波隆斯基的影响。卡姆柯夫是一个综合形象，非常接近叙事故事中充满激情的英雄形象。作者抓住了卡姆柯夫在交际中的细节，塑造了典型的青年人形象，同时也走出了斯坦凯维奇的圈子，"……那时，我认为我们就是上帝——聚在一起讨论和评判所有事"。小说家与他的主人公争论了什么？波隆斯基不得不对这些无伤大雅的见解表示沉默，但19世纪60年代的读者们猜到了叙事长诗中的潜台词，就是作者毫不隐讳地将卡姆柯夫比作罗亭，主人公也与屠格涅夫小说中的主人公同名，将卡姆柯夫与当时典型青年学生的内心的相似之处展示给读者。后来，波隆斯基直接列出别林斯基、斯坦凯维奇、屠格涅夫和康斯坦丁·阿克萨科夫、尤里·萨马林和阿列克谢·霍米亚科夫的名字。

诗人在其诗体小说中试图描述那种卡姆柯夫在《演

员与空想家》中所展现出的莫斯科的社会生活，仿佛把我们带入了具有敏锐洞察力的斯拉夫先知的生活圈子——激进的批评家、年轻的哲学家和诗人，这一切在很大程度上决定了19世纪40年代的社会环境及其氛围。这个圈子里陆续走出了一些先哲、思想家，不可否认的是，他们对于俄罗斯思潮的更迭和革命运动的发展发挥了重要作用。克里木战争的惨败、国内革命形势的日益严峻、农奴制改革呼声的不断高涨、流放多年的十二月党人重返故土，还有屠格涅夫的一系列小说，这一切都是俄罗斯文学史上具有里程碑意义的大事。这也促使卡姆柯夫全面辩证地看待历史的文学氛围。"这故事倒也新鲜，但令人难以置信。"——这个题词是诗人取自《智慧的痛苦》，旨在展示过去的二十年间俄罗斯社会走过的路是多么的艰难，多么的不平凡！当时的思想追求是无私的，是充满理想主义的，而在波隆斯基看来，这恰恰应该成为后世的历史教训，成为不断敦促人们探讨和深思的思想武器。

波隆斯基诗体小说的故事情节与题材对描写卡姆柯夫的性格命运以及对作者的抒情插叙起着重要作用。首先，男爵、公爵小姐的故事及她们与主人公卡姆柯夫之间的关系，是这部主题思想深刻的作品的框架与背景；其次，这部作品主人公的故事也依于此而展开。

波隆斯基小说中的卡姆柯夫被称为"近代小说英雄"

绝不是偶然的。19世纪60年代，诗人以各种形式更加明确地倾向于回忆题材，讲述20年前的事情，使当代人忆起过去某个时段的故事——这大概正是诗人写作的目的。科留什尼科夫和斯坦凯维奇家族再现于波隆斯基的作品中——这是波隆斯基对永不复返的青春和对自己未成年的过去的惋惜，也是对那些曾经幻想以黑格尔定律为基础改造世界的唯心主义者的变相讽刺。

也许，这种诗体小说体裁升华了普希金的传统，波隆斯基之所以选择这种体裁是因为它为展开抒情插叙提供可能。在抒情插叙里，诗人回到了自己的大学时代，当时他正在形成自己的个性，开始自己的诗歌创作生涯。

在长诗《报应》中，《新传奇》主题思想的丰富性被勃洛克进行了创造性的革新。勃洛克创造的贯穿着最精致的辩证法主人公父亲形象的浪漫主义方法，在许多方面发源于波隆斯基《新传奇》中的诗歌手法。在波隆斯基的诗体小说和勃洛克的长诗中，散发着历史的气息；吸引波隆斯基和勃洛克主人公的问题，是挣扎在时代矛盾中的人文文化的人。卡姆柯夫是勃洛克著作的根基——一个带着病态心灵的"怪"人。无论这个，也无论另一个，都没有力量战胜束缚头脑和心灵的环境之力：无论是19世纪40年代的主人公，还是80年代的主人公，在"黑铁世纪"的条件下都无法释放在他们身上昏昏欲睡的巨大能量。勃洛克无疑在《报应》的第一章《新传奇》中继续了波隆斯基的传统，通过实际历史事件和人物的环境来建构情节，展示思想发展，使得《新传奇》成为《报应》的第一章。"波隆斯基在这里激情洋溢地仔细阅读了诗歌。"波隆斯基创作的该时代文学编年史，就这样传送到了现代勃洛克的诗歌中。

五

关于卡姆柯夫的叙述，波隆斯基自我发问："为什么是诗，为什么不是散文呢？"在《新传奇》中，作者的抒情插叙转变成了抒情叙事性的插叙。对于波隆斯基而言，诗中出现的小说是散文小说的一种过渡形式。

在《谢尔盖·恰雷金自传》中，作者力求把自传因素与事件的历史性阐述相结合——这次历史事件早于俄罗斯解放运动发展。实际上波隆斯基这部作品的中心思想是关于十二月党人的，虽然乍一看与他们相关的情节线索发生在小说表层上。由于俄罗斯的出版发行须进行检查，作者不得不隐瞒或者不能详细介绍十二月惨剧，并且作者还须灵活标注重音。波隆斯基敢于冒险选择这类主题，而且能够把自己的弱项变成强项（评论有时指责他过多注意生活细节并带有主观主义情感）。谢尔盖·恰雷金童年的记忆、感受和心情是文章的重点，而历史事件则作为小说个性形成的背景；什么都逃脱不了孩子专注的目光，他的目光既关注周围的人群，又仔细地观察自己。波隆斯基的自白与托尔斯泰的极其相似，但他还有别的风格和世界观：波隆斯基所写的小主人公不自信，但是他更机警、更敏感，并且不封闭自我。

作品讲述了谢尔盖·恰雷金的故事。在谢尔盖的童年和少年时期身边有很多杰出人物，受其影响谢尔盖在文学修养上有了长足的发展。作家采用对复杂日常琐事的描述方式来烘托人物形象，在其作品中主要人物形象分两部分：一部分是描写孩子的认知，一部分是描写拥有大量生活经验的成年人的思想。第17章，作家讲述了谢尔盖的母亲如何试图处理好自己家庭成员间的复杂关系，其儿子以一个不是十岁孩子所具有的视角对母亲的为人处世行为进行了评价："一会儿她是一位贵妇人，一会儿突然又像一个十八世纪的哲学家一样思考着什么。"

波隆斯基为《两件事》的首要人物在小说中引进了大量历史和文学细节，大量19世纪20年代俄国社会关于普希金、茹科夫斯基和克雷洛夫的故事。作者把口头回忆性的叙述注入故事的正文和潜台词中。通过书面人物有时可以猜测到现实中的人物。

小说中描写了秘密团体在恰雷金家中夜间开会的情景，这是经由小谢廖沙观看后所转述的一个非常紧张且著名的片段。小男孩通过办公室半闭合的门看到了有点谢顶的秘书正在讲话，人们呈圆形坐在那里聚精会神地听着；在这次秘密会议的最后，所有人都默默地举起了手（小男孩认为这是他梦中见到的）。作者在这里运用了翻转望远镜的方法来应对检查，且通过信赖和怀疑自己眼睛的孩子的理解，来展示那些放大了的真正的东西。

谢尔盖·恰雷金的母亲所展示出的个性不是一个普普通通的形象，她和十二月党人走得很近，赞同他们的思想和见解，并且想将自己的儿子也培养成那样的公民，这是个很睿智、全面、坚强并有英雄主义气概的女人。在小说中她不是平白无故死去的，她的死是与十二月党人起义失败一同发生的，似乎象征着浪漫主义希望的破灭。在 12 月 14 日震惊全国的十二月党人事件中，因为和十二月党人走得很近，而被人所熟知的波隆斯基也不能避免在参政院广场的悲剧。谢尔盖·屠格涅夫就是这样去世的（波隆斯基同他的兄弟亚历山大·屠格涅夫在莫斯科相会过）。

波隆斯基的小说仍然没有完成。作者有意描写主人公今后的人生之路，因为不幸的巧合，所有关于主人公出身的证明不见了。一些人企图剥夺主人公的财产、使他不被大学录取、威胁他服兵役。他挣扎了十年，当真理最终获胜时，他已经是被现实碾碎的人了。"在俄罗斯，人没有了证明文件，将意味着什么？就好像人的一生都要依附于这些证明文件一样——这就是我想要表达的。"——波隆斯基对屠格涅夫这样写道。

我们来回顾一下俄国文学史吧。普希金的《叶甫盖尼·奥涅金》、莱蒙托夫的《恶魔》、果戈理的《死魂灵》和勃洛克的《报应》，都未把作者创造性想象中所呈现的形式展现在读者面前。波隆斯基的《新传奇》《谢尔盖·恰雷金的自白》也如此。

六

1869年，在《俄罗斯通报》上刊登了波隆斯基的短篇小说《阿杜耶夫娶妻》。作者的观点呈现两种鲜明的倾向性。作者非常了解，Н.В.舍尔古诺夫、Л.П.舍尔古诺夫、М.Л.米哈伊洛夫和其他一些在1850—1860年中被称作"新人类"的人，不能不对他们的创作积极性和进步的道德标准产生好感，他们感受到了自己每一个行为的重大责任以及应有的对于重大社会问题和亲人的责任感的义务。波隆斯基与当时一部非常重要的长篇小说《父与子》的创作者屠格涅夫是同一时代的人，他与屠格涅夫对于巴扎洛夫的叙述观点很接近。无论屠格涅夫，还是波隆斯基，都接受了同时代的虚无主义者的诚实、真诚和不妥协。但是两位艺术家又都不接受他们的审美虚无主义。

波隆斯基用心研究自己主人公的生活状况，其实在他们的行为中，没有任何英雄主义成分；这些人物并非运动的思想家，而只是把握了时代的社会新思潮的人。无论是"虚无主义者"柳德米拉·阿杜耶娃（因其离开丈夫，故婶婶这样叫她），还是和屠格涅夫的长篇小说《父与子》中的阿卡迪亚·基尔萨诺夫的性格非常接近的阿杜耶夫，又或是笨拙、率直、准备成为一名助产士的阿夫多季娃·西加列娃，他们都不感到痛苦，甚至不因为自己的信念而感到痛苦。只有阿杜耶夫·杰尔季耶夫的朋友产生更加深刻的印象；大概，另一种命运正在等待着他。

波隆斯基的朋友舍尔古诺夫和米哈伊尔是解放运动的活动家，在官方场合作家不能公开谈到他们。勃洛克在《惩罚》这首诗中，对十八世纪最后十年著名的女性社会活动家 А.П.布洛索福娃给予简洁真实的描绘。里面谈道："那些跟安娜·巴普洛夫娜有过交往的每一个人都会记得她的善良（但关于这点仍然讳莫如深）。"如果波隆斯基不能写自己的朋友，那他们确实值得他用语言去暗示。在我们看来，柳德米拉·阿杜耶娃在被迫对柳德米拉·舍尔古诺夫娜沉默不语的作家的创作中"浮现出来"。熟知 Л.П.舍尔古诺夫的人都很清楚，按波隆斯基的意图，关于这些想谈论到的同代人应该都会有隐藏的暗示。在《阿杜耶夫娶妻》这个故事中，主角，包括作者自己，都具有柳德米拉·格里高利耶夫的天性和优点。在

下面这首献给 Л.П.舍尔古诺娃的诗中，波隆斯基指出
他们思想的共同性：

> 你请求我的上帝，
> 我就是你那上帝的歌手。
> ……
> 当我歌唱智慧的自由，
> 歌唱大自然本真依旧，
> 歌唱卓越心灵的潸潸泪流。

在先进女性形象时代出现的几年之后，波隆斯基在
他的诗歌《女囚徒》中塑造了一个无畏的女革命者的形
象，讲述了一个年轻女孩的悲惨命运：

> 为贫穷复仇——绝不屈服，
> 　　为智慧的自由复仇，
> 为激情复仇，为一时焦虑复仇，
> 　　为……毫无羁绊的爱复仇。[1]

米哈伊洛夫于1865年在西伯利亚不幸逝世，诗人在

1　这是《女囚徒》一诗1877年版本中的一节，1878年该诗的最终定稿
　　已删掉这节。——译者注

他逝世一年后出版了自己的《斯坦司诗》，后来经过修订，重新收入1885年的诗集中印刷出版：

> 新生的巨人们，
> 你们的身影何在！隐藏着创伤，
> 你们的崇拜者，我孤零零
> 像幽灵在废墟中游荡……
>
> 在斗争中耗尽的力量，
> 唉！不会很快恢复如昔，
> 远方的墓群闷声不响，
> 没有出卖监狱的秘密。

诗人的这些公民诗，表现出了与逝去的别林斯基、杜勃罗留波夫、车尔尼雪夫斯基和米哈伊洛夫的世界相一致的"时代的巨大渴望"。

七

波隆斯基的日常生活历练和历史经验成为其抒情作品取得成功的因素。其作品吸取了许多富含哲理的思想、有关生命的意义、有关人类与自然的关系，有关未经探索的人类的内心世界，以及有关历史过程悲剧的紧张性，还有关于人民命运和"新生的巨人们"。

诗人越是深刻地认清周围的世界，就越发坚决地感到向现今读者和评论家们阐明自己诗歌立场的必要性。关于这一立场的复杂性在诗歌《同貌人》中得到证实。波隆斯基那抒情的"我"被戴着面具的人包围，妄图寻求摆脱自身；而在森林深处紧随诗人的同貌人惊慌失措地宣称：

……你妨碍了我

观看，并且不让我倾听夜的和谐；

你想用自己的怀疑毒害我，

而我——是你诗歌的鲜活源泉！

同貌人——是波隆斯基个性的诗意体现；其几次的"修正"或多或少深刻反映了诗人的动摇，他已不再思考自己的使命，以及如何选择正确道路。

其艰难历程的象征意义具体体现在转向丘特切夫风格的哀诗中，其中产生了渴求"沉思的诗人"所保护的火焰的"贫穷的步行者"形象。丘特切夫诗歌的火焰就像黑夜中的篝火，提醒孤单的行人在茫茫孤寂的黑夜里别忘了鲜活的生活。

对于波隆斯基来说，黑夜营造了不可复制的、饱满的氛围，在这种氛围下，戏剧徐徐上演，主人公的命运渐渐发展、变化。千姿百态、变化多端的夜——是活生生的大自然的化身，是培育波隆斯基诗歌的土壤；诗人仔细聆听着"泉水叮咚出一路和谐的轻歌低唱"（《我为何爱你，明亮的夜……》），仔细端详着《夜的阴影》；他与夜有着特别而隐秘的联系：夜——作为伴侣、作为交谈者、作为无边无际的宇宙的化身——常常出现在诗人的世界里（《克里木之夜》《高加索之夜》《索伦托之夜》《寒夜》《夜思》等）。"夜的寂静爬过来偷听夜晚的旋律……"在这些诗作中，产生了这一特定的有表现力和描述性的形象，这一形象与圣洁的万物有灵论相关联，对于天生的艺术家波隆斯基来说是极高的水准。寂静——是栩栩如生的，诗人用他富于表现力的笔触传达了在这使人迷惑的寂静中弥漫的夜间大自然的生命力。

在诗歌《深夜寂静漫延……》中，夜晚给抒情主人公塑造了心灵安逸的环境。这首诗是波隆斯基为其友人——叶莲娜·安德烈耶夫娜·施塔肯施耐德创作的。诗人将公民的最高理想同永恒、美丽的大自然并不能庇护人类免受斗争这个主题和谐地联系在一起；在彼得堡——这座由许多人付出了极其繁重的劳动在冻原上建立起来的城市的周围，并无盲目乐观、自我陶醉的地方。

波隆斯基的抒情叙事小品《白夜》曾发表在Φ.M.陀思妥耶夫斯基和M.M.陀思妥耶夫斯基创办的杂

志《时代》上。《白夜》的主题是青铜骑士及与他相对的徒劳地徘徊在彼得堡街头寻找幸福的"小人物",出自普希金的长诗《青铜骑士》。然而时代在变,在过去的四分之一个世纪中,诗人看到了各种社会流派的兴盛及衰败,迫切的希望总是被痛苦的失望所取代,这一过程持续了数十年。诗人警告自己的主人公"贫穷的同志"——一个当青铜蛇被青铜骑士制伏、压在马蹄子下面时,在蛇的毒芯子中找寻救助的人。

《白夜》中寥寥几笔塑造出的彼得堡的轮廓,给人留下了既雄伟又沉重的印象。在"古老的城堡"后面,金色圆顶教堂"在寒冷寂静的高空中"闪着光芒。波隆斯基笔下"繁荣又贫穷的城市"与陀思妥耶夫斯基的很像。在《罪与罚》(第二章)中拉斯柯尔尼科夫眼中的彼得罗夫广场"这幅壮丽辉煌的全景图似乎总是向他散发出一股莫名其妙的逼人寒气;在他看来,这幅华丽的画面满蕴着沉寂、萧瑟之气……"

在文学传统上,谈到关于彼得堡的思索,自然而然地会联系到诗人的思想以及其对于自身所处时代的俄罗斯命运的思考。自彼得大帝开始,一又二分之一个世纪以来,创建欧洲式的文明国家的巨大劳动,一直继续着,并且在此后的时代里一直延续下去。1865年涅克拉索夫在长诗《铁路》中,再现了尼古拉一世修建铁路的情景,其中表达了人类新文明的伟大成果,必然会接受历史的惩罚，为此人类所付出的代价是可怕而巨大的。三年后，《欧洲通报》发表了波隆斯基的诗《米阿兹木》（最初命名为《被遗弃的房子》）。豪华宅邸里的小继承人莫伊科在湖里溺死了，悲痛欲绝的女主人——母亲在空荡荡的卧室里看见了一个幽灵——身上竖着一个牌子，其上写着"辉煌之都"。

> "不要惧怕我，——我是谁？一个无知的乡巴佬！
>
> 污秽不堪、贫贱卑微、腐烂如泥，
>
> 我仿佛被憋得透不过气，只能为你的孩子
>
> 发出一声沉重的叹息……"

　　这是历史的报复与惩罚！波隆斯基在诗歌创作过程中融合了两个时代的特点而得出这样的结论：在现实主义讽喻式的情节中，当代彼得堡生活的戏剧性片段与他作品的悲剧性内容是分不开的。

　　思考日益坚定的俄罗斯社会生活，已完全占据了波隆斯基的内心。在他的作品中，渗透着诗意历史主义的分析性思想，与经历了几次欧洲革命洗礼的19世纪中期人们痛苦的怀疑态度密切相关，与目睹了国内最复杂、最尖锐的矛盾冲突更是密不可分。无怪乎梦想着和谐与宁静的诗人，明白力求从"凶恶的当代生活"中逃避出来、遁入密林深处，遁入童话传说世界只是乌托邦式的

幻想。

> 别对我说，大自然是我们的母亲：
> 她不喜欢这样的孩子，
> 他们孤僻、冷酷，甚至无比残忍，
> 大自然不会安慰人。
> 大自然也不会给任何人
> 作为遁世者，对于幸福所必需，
> 那一份应有的自由。
> 因为自由只存在于自由的国度。

（《疲乏者之一》）

波隆斯基的目光专注而充满求知的欲望，他迫切地想了解"真理的自由的新曙光"会从何处升起。他仔细研究了早期的涅斯托耳编年史、研究了彼得一世时期、研究了1812年卫国战争时拿破仑火烧莫斯科的历史事件、研究了捷克宗教改革的光荣篇章，还研究了充斥着人民雄辩家和政论家辩论的西欧议会的喧闹生活。但是无论如何也找不到关于解救俄罗斯这一问题的答案。

> 我，作为诗人，无所事事，
> 光明在哪？只要那是光明，
> 只要那光明如同太阳之于大自然，

活力之于自由与心灵。

那就将它洒向心中缺少光明的人们……

(《从哪里来？！》)

八

波隆斯基的名字一般与费特、阿波罗·迈科夫还有其他诗人的名字放在一起，这些诗人因极少关注当前大众十分关心的社会问题而受到指责。同时，波隆斯基的创作中有很多接近费特及迈科夫的诗歌艺术，在俄罗斯诗歌史上拥有一席特殊的地位。

当确信艺术家具有音乐般地认识世界的权利以及堪比印象主义式的感性直观的处世态度时，波隆斯基和费特成了同道。他尝试把瞬息即逝的情绪变成具有中间色调的诗歌语言和隐约暗示的语言。

波隆斯基的创作演化没有那种清晰的特点，即判定其确为某一文学流派的拥护者的准则。1850—1870年是俄罗斯文学中意识形态阵营两极化对垒的时代，波隆斯基没有公开地与任何一个社会文学派别有内在联系。除了1855年，涅克拉索夫曾在《现代人》杂志上撰写了关于诗人矢志不渝地支持"时间的崇高追求"外，近年就只有屠格涅夫坚决地为他辩护过。大概，波隆斯基那种背后隐藏着对时间的各种各样征兆的敏锐性的天生才华，正好和屠格涅夫最为接近。这些表达了自己对诗人使命认知的经典诗行出自波隆斯基之手是不无道理的：

> 作家，如果他是波浪，
> 那么，俄罗斯就是海洋，
> 当海洋骚动激荡，
> 他也无法不骚动激荡。

> 作家，如果他是
> 伟大民族的神经，
> 当自由受伤害时，
> 他也无法避免伤痛。

然而波隆斯基的公民立场并未在革命民主主义阵营的活动家那里引发积极的响应，因为他试图在复杂的意识形态斗争的环境下，去保持独立性的想法被看作世界观不一致的表现。

谢德林的那些针锋相对的、言辞尖刻、犀利的文章极大地刺伤了诗人，只有屠格涅夫的支持才使得波隆斯基的心绪稍微稳定。在否决那些批判波隆斯基作品的普通性、缺乏个性以及独创性的指责时，屠格涅夫在1870年致《圣彼得堡公报》编辑的公开信中断言："如果要评论他，应该说……他，按照缪塞的说法，尽管是用小小的玻璃杯喝酒，但那也是他自己的杯子，而这正是波隆斯基。不管他歌唱得是好是坏，但他都是真实地按照自己的想法去歌唱的……这种绝无仅有的，他一人所固有的质朴无华的优美文风与其语言的自由生动交织在一起，构成了他的天才。在此之中仍存有普希金式的优美的痕迹，虽然有时某处有不恰当的痕迹，但总是给人留下令人喜欢的真诚和真实的印象。对于他本人来说，时间似乎是无意识的，他惊讶于诗歌观点的先见之明。"

在继承别林斯基的文学批评传统时，谢德林要求诗人自己的观点要对现代生活有直观的、突出的反映。

波隆斯基的社会立场甚至让《父与子》的作者都很敬仰，这是先进文学家的立场，同情解放运动，尽管他不是运动的积极参与者。

从事情的本质来看，争论在于，丧失了强烈批判精神的诗歌是否还有存在的必要。

早在1860年，《俄罗斯语言》第一期就登载了波隆斯基的一首诗歌《为了少数人》。他的第一篇诗作就显示了对普希金和茹科夫斯基诗歌风格的直接继承这一特点。波隆斯基似乎在"拒斥"青年普希金热爱自由的激情。他承认，《上帝没有给我讽刺的鞭子》就是吸收了普希金为茹科夫斯基辩护所说出的诗歌宣言："你是对的，你是为少数人创作，不是为贪婪的法官而作……"在这种有争议的时代大背景下，诗人公开和抒情诗人涅克拉索夫的偏见进行辩论。"在我的灵魂中没有咒骂，但是有自由的泉水在潺潺流淌"，宣称自己的立场是公民意识的波隆斯基声援涅克拉索夫——同时否认被激进批评家们赋予的诗人公认的评判现代社会的权利：

> 作为一个公民，内心已回答
> 把爱的语言带到大地上，——
> 然而，对于少数人来说我是诗人。

在一系列与涅克拉索夫有关的诗歌（《致诗人-公民》《关于涅克拉索夫》《凶狠的诗人怡然自得……》）中，波隆斯基尝试探究惯用含有敌意的消极词汇来宣扬爱的诗人揭露者处境的复杂性和艰难性。《致诗人-公民》一诗的作者敏锐地再现了自己在文学创作中的孤独，情不自禁地关注诗人与大众这一由来已久的话题，"大众是冷漠的，他们不会对你的呼吁做出回应，"波隆斯基写道，在探究涅克拉索夫的同时——也是在探究其本身。

十年过后，涅克拉索夫在《哀诗》（《善变的风气告诉我们……》）中道出了这样的担忧："……在夜晚的沉寂中歌颂着谁，诗人的梦想又献给了谁？唉，他没有留心，也没有回答！"

"我们无法预测，我们的话将会得到怎样的回应……"丘特切夫苦恼地说道。

时间、历史和读者都承认了波隆斯基并且认清了其诗歌的真正价值。

　　作为诗人和散文家，波隆斯基在俄罗斯文坛活跃了将近60年。他逝世于1898年10月18日（俄历30日）。

　　勃洛克在一篇关于俄国诗歌的论文中，把波隆斯基列入"把光射进世纪的深渊"的伟大导师的行列。

译后记

　　对波隆斯基的诗歌，从初识到熟悉和翻译，经历了漫长的几十年时间。

　　早在1982年冬天，阅读陀思妥耶夫斯基的长篇小说《被侮辱与被损害的》时，就初识了波隆斯基。在该书的第十五章，陀思妥耶夫斯基通过女主人公娜塔莎之口对一首诗给予了高度评价和颇为精辟的分析：

　　……写得多好啊！这些诗句叫人多么痛苦啊，万尼亚！这是一幅多么富于想象力的生气勃勃的图画。它简直是一幅只能用来绣花的绣花布，——你爱绣什么就可以绣什么。诗里有两种感情：先前的感情和最近的感情。这只茶炊，这幅印花布帷幔，——这一切都令人感到那么亲切……这就像是在咱们那个小县城的那些小市民住的房子里；我仿佛看见了这种房子：新盖成的，用原木盖的，墙上还没有镶木板……接着又是另一幅景象：……'我病恹恹地踱来踱去'，这'病恹恹'几个字放在这里可真好！'没有人来骂我，'——这一行诗里包含着多少温情和愁绪，包含着多少怀旧之情，还有那些你自己寻来的烦恼，而你现在却正沉浸在这种烦恼中自怨自艾……天哪，这有多好啊！这是多么真实啊！[1]

这首诗就是著名的《车铃》（小说中译为《小铃铛》），根据页下注释显示诗的作者就是19世纪俄国诗人波隆斯基（1819—1898）。此后，在一些俄国诗选中，我经常看到波隆斯基这个名字，读到过其几首作品，对他的了解慢慢加深。较多一点的了解，则是读徐稚芳先生的《俄罗斯诗歌史》（北京大学出版社，1989年版），该书在"纯艺术派诗人"一节中，花了将近两页的篇幅介绍波隆斯基。

全面熟悉和翻译波隆斯基，则是在2006年以后。2006年，我成功申报了国家社科基金项目《19世纪俄国唯美主义文学研究——理论与创作》。这是一项全新的研究，难度极大，一切几乎都得从零开始。因为在俄国至今尚未发现研究专著，国内对19世纪俄国唯美主义理论和诗歌很少译介，仅丘特切夫、费特有中文译本，迈科夫、阿·康·托尔斯泰的抒情诗只是在一些刊物上有所译介，加起来也往往只有十来首，而波隆斯基迄今为止，还

1　陀思妥耶夫斯基：《被欺凌与被侮辱的》，冯南江译，人民文学出版社，1980年，第76—77页。

只有2015年我与王淑凤翻译的登载在《江南（江南诗）》的十八首波隆斯基抒情诗。此前主要的是一些俄国诗选、世界名诗鉴赏词典之类的选本选入其某几首短诗。为了很好地完成这一项目，我开始了六年的苦斗。首先，大量收集各位诗人的作品和研究资料。其次，在此基础上，阅读诗人的传记和研究资料，了解诗人的生平和创作经历以及其诗歌创作的特点。再次，阅读其诗歌并进行挑选和翻译。最后，在大量翻译的基础上展开研究。由于波隆斯基是在我国译介最少的唯美主义诗人，所以，对他的阅读和翻译花了更多的时间，因此也就对他了解相对来说较多较深。

其实，波隆斯基在世时，就已获得了较高的声誉，和费特、迈科夫并称为纯艺术派诗歌的"三驾马车"。白银时代的诗人重新发现了他，其中集象征主义之大成的大诗人勃洛克尤其喜爱他，并把他奉为自己的先驱。因此，在20世纪初，波隆斯基作为19世纪重要诗人的文坛地位正式确定，并且在国内外都得到了公认。

著名俄国文学史家米尔斯基（1890—1939）在其《俄国文学史》中认为，与迈科夫等自认是普希金"客观"传统的继承者不同，波隆斯基的"意象主义"是莱蒙托夫浪漫主义"主观"传统的延续，"就纯粹的歌唱天赋而言，他是他那一代最伟大的诗人之一"，"他是唯一的俄国诗人，能营造出德国浪漫派诗人那种曼妙的、如若置身森林的效果；他是除莱蒙托夫外的唯一诗人，能够看到落日霞云之外的遥远土地。他最佳的抒情诗大多为梦诗。他还具有莱蒙托夫的一种能力，即用日常生活和词汇的普通素材创造出最妙曼、最辛酸的诗歌。其浪漫主义是地道俄国式的，与俄国民歌和民间故事的风格十分吻合"。[1]

英国学者贝灵（Maurice Baring，1874—1945）1915年版的《俄罗斯文学》第七章也高度评价了波隆斯基的诗歌（当时译为"潘隆斯基"）："潘隆斯基的诗和费狄的温柔佚乐的旨趣也是成对照的，他的精美的幻想的曲调，完全以严肃的内容作骨子；与迈科夫的雕刻的线条相互对照，他的诗又是异样音乐的，反映着他纯美可爱的全人格。他选择题目的范围很宽；他能够写一篇单纯，透明有如Hans Andrson似的儿童诗歌——例如他的太阳与月亮的对话便是，或是追忆'希腊的光荣'，如他的Aspasia一诗，听到齐声为伯里克理斯（Pericles）欢呼，并且在狂欢中等待他归来的群众——这诗就是白朗宁也得妒羡它的生动力，史文朋（Swinburne）又得钦仰他的音节。……"[2]

1　【俄】米尔斯基：《俄国文学史》，上卷，刘文飞译，人民出版社2013年版，第301—304页。

2　【英】贝灵：《俄罗斯文学》，梁镇译，商务印书馆1933年版，第188页。

而我国在20世纪初，也对波隆斯基有颇高的评价。

　　瞿秋白在写于旅俄期间（1921—1922）的《俄国文学史》中首次向国人谈到波隆斯基并给予高度评价："波隆斯基（Polonsky，1820—1898）的著作大半是倾向于纯美派的；然而亦有些诗咏叹'那人生的公怨'，而且诗才纵横，不见得弱于人生派诗人。再则波隆斯基能运用极自然的极简朴的诗料，取之于民间文学；——因为他曾经困苦颠连，一则能和平民相近，二则经受心灵上的千锤百炼，所以'美'的纯洁确有不可及之处，——他能对于人和生活都保持那漠然无动于衷的态度。"[1]郑振铎在其1924年完成的《俄国文学史略》也认为："波隆斯基（Polonsky）（一八二〇年生，一八九八年死）是屠格涅夫的一个亲密的朋友。他的天才很高。他的诗音节和谐，想象丰富，风格又自然而朴质，所取的题材，也都是独创的。"[2]汪倜然在其1929年出版的《俄国文学》中则宣称："波隆斯基的好的诗是很动人的，美丽而且和谐，浪漫而且质朴。诗中所表现的情绪诚挚而且真实；颇足以比拟

1　《瞿秋白文集》，二，人民文学出版社1953年版，第533页，但波隆斯基出生于1819年，而非1820年。
2　郑振铎：《俄国文学史略》，岳麓书社2010年版，第64页。

普希金与莱门托夫。"[1]

此后，由于多方面的原因，波隆斯基在我国完全被忘却，直到新时期以来，才慢慢为国人所知。实际上，波隆斯基是19世纪俄国纯艺术派诗歌中很具现代特色的一位诗人，并且也颇具相当吸引读者的异域色彩。[2]

为了培养俄罗斯文学翻译和研究的青年骨干，在完成国家课题时，我带上了几位青年教师。其中，中国民航大学的王淑凤副教授跟我合作较多，包括翻译阿·康·托尔斯泰和波隆斯基的抒情诗，写作阿·康·托尔斯泰诗歌研究的一部分。在翻译方面的合作方式是，首先由王淑凤把诗歌从俄文翻译成中文，然后再由曾思艺对照俄文原文，进行诗的语言的推敲、修改和格律方面的复制、加工，变成真正的诗歌，另外还有一部分诗歌由曾思艺独自翻译（已在诗选中注出）。原来翻译了142首，这次遵从中国工人出版社宋杨编辑的意见，又在网上搜索了一下俄国读者们所喜欢的波隆斯基诗歌，增译了30多首，共175首，波隆斯基抒情诗的代表作以及较好的诗基本都已选入，以飨读者，意在抛砖引玉，期待有

---

1 汪倜然：《俄国文学》，世界书局1935年版，第47页；又见《民国丛书》第二编63《西洋文学讲座》，方璧等著，上海书店1990年影印版相关内容。
2 详见曾思艺：《波隆斯基：颇具现代色彩的唯美主义诗人》，载《江南（江南诗）》2015年第5期；或见本书"译后记"中相关介绍。

更多、更好的波隆斯基作品的译本出现。

　　这本书以及《费特抒情诗选》《迈科夫抒情诗选》的出版，要感谢内蒙古大学的王业副教授，她在教学、科研、翻译、家务诸多繁忙之中，还尽力抽出时间，校看了波隆斯基抒情诗的大部分译稿，更好地保证了它们的翻译质量。新译的三十多首诗则感谢辽宁大学的顾宏哲教授在百忙中抽出时间帮助校对。

　　　　2022年2月18日天津市津南区小站镇龙玺紫烟阁

图书在版编目（CIP）数据

夜以千万只眼睛观看：波隆斯基诗集 /(俄罗斯) 雅科夫·彼得罗维奇·波隆斯基著；曾思艺 王淑凤译. 一北京：中国工人出版社，2023.11
ISBN 978-7-5008-8338-8

Ⅰ.①夜… Ⅱ.①雅… ②曾… ③王… Ⅲ.①诗集－俄罗斯－近代 Ⅳ.①I512.24

中国国家版本馆CIP数据核字（2023）第235337号

夜以千万只眼睛观看：波隆斯基诗集

出 版 人	董 宽	
责 任 编 辑	宋 杨 严 春	
责 任 校 对	张 彦	
责 任 印 制	黄 丽	
出 版 发 行	中国工人出版社	
地 址	北京市东城区鼓楼外大街45号　邮编：100120	
网 址	http://www.wp-china.com	
电 话	（010）62005043（总编室）	
	（010）62005039（印制管理中心）	
	（010）62379038（社科文艺分社）	
发 行 热 线	（010）82029051　62383056	
经 销	各地书店	
印 刷	北京盛通印刷股份有限公司	
开 本	787毫米×1092毫米　1/32	
印 张	12.375	
字 数	80千字	
版 次	2024年2月第1版　2024年2月第1次印刷	
定 价	58.00元